Flavio Soriga

Die Liebe in London und anderswo

Flavio Soriga

Die Liebe in London und anderswo

Erzählungen

Aus dem Italienischen
von Viktoria von Schirach

Luchterhand

Die Originalausgabe erschien 2009 unter dem Titel
L'amore a Londra e in altri luoghi bei Bompiani, Mailand.

Die Erzählung *Lass die Hunde los* wurde für das Projekt Scritture Giovani, 2003, ausgerichtet von Festivaletteratura, Mantua, in Kooperation mit dem Guardian Hay Festival (Hay-on-Wye, Wales) und dem Internationalen Literaturfestival Berlin geschrieben. Sie wurde von Martina Kempter übersetzt.

FSC
Mix
Produktgruppe aus vorbildlich bewirtschafteten Wäldern und anderen kontrollierten Herkünften
Zert.-Nr. GFA-COC-001223
www.fsc.org
© 1996 Forest Stewardship Council

Verlagsgruppe Random House FSC-DEU-0100
Das FSC-zertifizierte Papier *Munken Pocket* für dieses Buch liefert Arctic Paper Munkedals AB, Schweden.

1. Auflage

Satz: Greiner & Reichel, Köln
Druck und Einband: CPI – Clausen & Bosse, Leck
Printed in Germany
ISBN 978-3-630-62187-6

Besuchen Sie unseren LiteraturBlog www.transatlantik.de!
www.luchterhand-literaturverlag.de

Für Federica Campanelli di Floridia

»Dance me to your beauty with a burning violin
Dance me through the panic till I'm gathered safely in
Touch me with your naked hand or touch me with
your glove
Dance me to the end of love«

Leonard Cohen

»Questo sentimento popolare
nasce da meccaniche divine«

Franco Battiato

Inhalt

April

Im April war sie besonders schön, unsere Insel, und wir fuhren den ganzen Tag mit dem Rad herum und es gab keine Straße, die wir nicht entlangrasten, und solange die vom Regen grüne Landschaft noch feucht war, gab es für uns nach der Schule nur Wettrennen und Entdeckungen, Spielen und Laufen, bis abends, bis zum Abendessen, »Kommt heim, ihr Teufel!«, riefen unsere wutschnaubenden Mütter, die immer schimpften, auch wenn wir brav gewesen waren und ausnahmsweise einmal keine Fensterscheiben zertrümmert oder uns in weit entfernte Gegenden vorgewagt hatten, so dass sie uns verzweifelt im ganzen Viertel suchen mussten.

Wir sind auf der Straße aufgewachsen, wo wir den Hafen einatmeten, den Lärm der Passagierschiffe, den Geruch der Fische am Markt, wo wir die Thunfische von riesigen Haken baumeln sahen, wo wir den Motorrädern der Touristen nachliefen, warteten, dass unsere Verwandten für den Sommer kamen, einsamen Alten scherzhafte Bemerkungen zuriefen, Großvätern und Onkeln Zigaretten klauten; wir wuchsen auf wie wohlerzogene Wilde, wie Abenteurer in einer Welt ohne Grenzen, auf einer Insel, die mit der Zeit eng für uns wurde, unerträglich inselhaft; aber einige Frühlinge lang war sie ein Spielplatz, eine Sandbahn und ein Schlachtfeld, und wir tollkühne, nimmermüde Forscher.

»Schau«, sagte Claudio von der Mauer des Dorfs zu mir, »schau, wohin ich ausreißen werde«, und zeigte auf das große Land, dabei war auch das eine Insel, aber das war ohne Karte nicht leicht zu verstehen; wir waren eine Insel, die zu einer größeren Insel gehörte, aber auf unserer kleinen Insel sah man jederzeit, wo sie aufhörte, während man auf der anderen, der riesigen Insel, mit dem Auto herumfahren konnte und das Meer hinter sich lassen und wie auf einem Kontinent leben, das sagten jedenfalls die Großen, die sich auskannten, und wir konnten nur träumen und uns etwas ausmalen, und Claudio, mein Freund, tat genau das, er träumte von der Welt, die riesig aussah, in die man ausreißen konnte, sobald man groß war, denn das hatten wir beide schon damals vor: einmal weit wegzugehen.

»Herr, behüte deine Herde und halte das Böse fern«, betete meine Mutter am Sonntag in der Messe und ich kniete stumm neben ihr und dachte an unseren Pfarrer, wie er es wohl schaffte, so allein zu leben, ohne eine Frau, ich fragte mich, wozu man groß wurde, wenn man keine Hintern und Brüste ansehen durfte, sich nicht in diesen Geheimnissen aus Lächeln und Haaren, Mösen und Schwänzen verlieren; statt zu beten, dachte ich an Don Polenta und bedauerte ihn, weil er allein war und so vielen Pflichten und Kasteiungen unterworfen; jahrelang bin ich zum Katechismus gegangen, verwirrt von den Gebeten und Dogmen und Geheimnissen des Glaubens; verwirrt und missgelaunt, vor allem an den Sonntagen meiner zwölf Jahre, froh nur bei der Aussicht auf Firmung und Geschenke, auf ein neues Hemd und tiefschwarze Schuhe, fast wie ein Erwachsener, ein Soldat des Herrn, mit einer eigenen Uniform, im Festtagsgewand.

Im April gehörte sie vor allem uns, unsere Insel, und wir rasten über die noch grünen Wiesen mit unseren billigen Fahrrädern, die jahrelang von einer Kindheit zur anderen weitergereicht wurden, von Onkel zu Neffe, wie Familienschmuck, wir rasten und lachten und entdeckten Orte und Leute, die Landspitze von Guardiamori und die alte Thunfischfangstation, den verlassenen Campingplatz und die Villen der Reichen von auswärts, den verrückten Alten vom westlichen Leuchtturm, das halbe Haus eines gebrechlichen alten Mannes, eines einsamen Hasen- und Wachteljägers, »Raus hier, ihr verfluchten Bengel«, schrie er uns schon von Weitem zu, wer wollte sich dem schon nähern?, es machte nur Spaß, ihn zur Tür herausrennen zu sehen, die Schrotflinte drohend unterm Arm, rot vor Wut und immer sonnenverbrannt, »Du Schwachkopf!«, rief Claudio, ohne abzusteigen, »du Schwachkopf!«, und wir nahmen Reißaus in der panischen Angst, eine Schrotkugel in den Rücken zu bekommen.

»Schau!«, sagte Claudio und reichte mir Comics mit knienden Frauen und dicken, langen Schwänzen, Lastwagenfahrern und Zimmermädchen, drallen Studentinnen, von unbezähmbarer Lust besessenen Jungfrauen, kleinen Mädchen, die mit Bonbons und Tücke verführt wurden, Negern, die ganz hart waren, »Nimm, nimm, ja, ja!«, riefen die Unholde auf diesen obszönen Zeichnungen, und »Mehr, mehr, ja, ja!«, stöhnten die Frauen in diesen abstoßenden Geschichten, »Schau!«, sagte Claudio zu mir, für mich bedeutete es, etwas zu entdecken, was erfunden schien und es auch war, und so lange, bis ich gesehen habe, wie die Deutsche es tat, dachte ich, alle, aber auch alle diese Szenen mit Exkrementen und Flüssigkeiten und Nöten und Härten und Eindringen und Befeuchten seien erfunden.

Im April verging vor allem die Zeit, viel zu schnell, die Nachmittage flogen durch die Gassen und Wege, Verfolgungsjagden fanden statt zwischen Indianern und Pistolenhelden, die Stufen unter den Bögen wurden im Viererssprung genommen, »der Letzte verliert und zahlt ein Pfand!«, und der Letzte war schwul und auch warm, was auch immer diese Worte bedeuten mochten.

Und wir lauschten den Alten in der Kommunistenbar und hörten uns ihre hanebüchenen Erzählungen an, der Blinde, der ganz allein einen Haifisch gefangen hatte und mit seinem Boot drei Tage lang von dem Viech durch die Gegend gezogen wurde, drei Tage lang auf hoher See betete und sich fragte, ob er je heimkehren würde, der alte Blinde, der immer die unglaublichsten Dinge wusste, etwa dass Haie sich paaren, indem sie beinahe menschliche Schreie ausstoßen, »Schreie, die dich taub machen können, so laut, dass man sie von einem Ozean zum anderen hören kann«, sagte uns der Blinde lächelnd, »Mann, das sind vielleicht Schreie, die diese Haie da loslassen, wenn sie Lust bekommen und sich in den eisigen Tiefen paaren!«

»Das hier ist ein Gefängnis, und die Touristen und die Thunfische sind mir scheißegal«, sagte Claudio, wir saßen auf unserer alten Stadtmauer, jeder ein Stück Brot, Brot und Sardinen und eine amerikanische Dose, »ich sterbe nicht auf dieser Insel, lass mich erst mal weg sein, dann kann sie von mir aus ein Erdbeben verschlucken, sollen sie doch alle zum Teufel fahren, die Tanten, die Pfaffen und die ganzen Alten«, so redete Claudio damals, zumindest erinnere ich mich heute so, vielleicht waren es nicht genau diese Worte, als wir dreizehn waren, aber das war es, was er sagen wollte, seine schreckliche Lust, auszubrechen, das Feuer, das ihn in jedem Moment antrieb, das Feuer, das auch meines war, aber leiser, ich hörte zu und machte mir meine Gedanken, ich suchte nach einer Zukunft, die ich mir wünschen konnte.

Und der Pfarrer, auch er erzählte Geschichten, Pfarrer Polenta hieß er bei uns, weil er sich an den Winterabenden dieses seltsame Gericht kochte, weil man ihn bloß anschauen musste, um zu wissen, dass er kein Mann war, »Die Pfarrer sind alle schwul«, sagte Claudio zu mir, wenn wir zum Katechismus gingen, »PFARRER POLENTA HAT EINEN KLEINEN SCHWANZ«, hat ein Freund von mir einmal nachts an die Kirchenmauer geschrieben, »FÜR DIE BETSCHWESTERN REICHTS«, hat jemand darunter gesprayt, »Jetzt haben die Carabinieri endlich diese Schweinerei weggemacht«, sagte Papa an jenem Abend beim Essen.

»Schwule sind Männer, die wie Frauen sprechen und auf der Straße den Hintern schwenken, warme Brüder sind das, die es sich von hinten besorgen lassen, wie versaute Frauen, klar?«, hatte uns ein sechzehnjähriger Junge gesagt, als wir an einem Sommertag an der Mole rauchten und so taten, als würden wir angeln, es war überhaupt nicht klar, aber das zu sagen, hätte Schande bedeutet, »Natürlich!«, sagten wir wie aus einem Mund; »Ich will die Schwulen ihre Hintern schwenken sehen und die Warmen und versaute Frauen wie diese Deutsche auch«, sagte Claudio zu mir an dem Abend, »sobald ich kann, gehe ich fort und dann will ich das alles und noch mehr sehen, in den Städten der Welt, und dann kommst du mich besuchen und wir ziehen los und ich erkläre dir alles, die Orte und die Leute.«

Er erzählte uns von den Kreuzzügen, Pfarrer Polenta, die bewaffnet ins Gelobte Land zogen, das von Ungläubigen besetzt war, er konnte gut erzählen, das muss man ihm lassen, wirklich gut, er schwitzte vor Eifer und seine Augen schweiften in die Ferne, er schien sie vor sich zu sehen, diese großen, starken Deutschen, die ihre Rüstungen prall ausfüllten, zu Hundertschaften taten sie sich zusammen, um das Heilige Grab von den schwarzen Sarazenen zu befreien, sie knieten auf einer riesigen Ebene, das Heer Gottes, bereit, sich segnen zu lassen.

»Schau!«, sagte Claudio eines Nachts Anfang April, während er von einem Hügel aus das Haus der Deutschen ausspionierte, wir sahen die Dame aus Stuttgart, die Madonna unserer verbotensten Träume, wie sie vor dem Sofa kniete, vor ihrem Schatz, der ihr mit geschlossenen Augen über das Haar strich und sich vor Lust auf die Lippe biss, »Hast du gesehen?«, sagte Claudio, und ich sah und schaute und konnte es nicht glauben, und nie habe ich dieses Bild vergessen, diese fremde Frau auf Knien, die dasselbe mit dem Mund tat wie die versauten Heldinnen unserer schlimmen Comics.

»Wer von hier weggeht, kommt immer wieder zurück«, sagte die Großmutter auf ihrem kleinen Schemel zu mir, sie saß vor der Tür auf der schmalen Gasse und sang Gebete und alte Verse, »wenn ich sie singe, erinnere ich mich besser an die Gebete«, sagte sie immer, aber ich glaube nicht, dass sie je etwas vergessen hat, die schwarz gekleidete Nonna Evelina, sie sang das Credo und das Paternoster, damit auch wir es hörten, damit wir dem Wort, dem heiligen Wort nicht auskamen, auch mein kirchenscheuer Vater nicht, nicht einmal er, der am Sonntag lange schlief und niemals zur Beichte ging, »Glückselig, wer den Herrn hat, denn ihm geht es überall gut«, sagte Großmutter zu mir, während ich weit weggehen wollte, »Es gibt nichts, was mich hier hält«, dachte ich, »auch ich will ausbrechen von hier wie Claudio, es gibt nichts, was mich hier hält«, »Und wo willst du jetzt hin?«, sagte Großmutter, wenn ich auf meinen Sattel stieg, »bleib schön ruhig hier bei mir und hilf mir, einen schönen

Rosenkranz zu beten«, »Es gibt nichts, was mich hier hält«, dachte ich, während ich mit quietschenden Reifen zum Hafen fuhr.

Und im April kamen die Männer zurück, die auf den Passagierschiffen und Tankern angeheuert hatten, die Ehemänner und Väter, für die Osterfeiertage, wir hörten sie ihre Arbeit auf dem Schiff verfluchen, gepriesene Arbeit, die nie fehlen möge, wir hörten sie über reiche Leute in anderen Ländern sprechen, über finnische und russische und armenische Kapitäne; und sie brachten Geschenke mit für die Kinder, und ich beneidete diese Kinder um ihre Väter, deren Beruf es war, die Welt zu umrunden, jeden Tag fern von der Familie, ich beneidete diese Kinder, die mehr oder weniger Waisen waren, aber unglaubliche Geschenke bekamen, die alle vor Neid erblassen ließen, Laserschwerter und dröhnende Raumschiffe, handgefertigte Drachen und Roboter aus Amerika und Japan, und ich wusste nicht, dass auch ich ein Waisenkind sein würde, wenn ich erst zwölf Jahre alt wäre, plötzlich vaterlos, ohne dass eine Arbeit diese Abwesenheit erklärte, ohne tröstende Geschenke.

Mir hat sie immer gefallen, unsere Insel, nur dass sie nicht ausreichte für unsere Jahre, es gab zu viele Fragen, nur wenige Dorfbewohner wussten Antworten oder wollten sie geben, uns kleinen Nervensägen, »Wie sieht Rom aus?, und das superreiche Amerika?«, und meine Mutter sagte: »Immer mit der Ruhe, mein Sohn, lernt schön, dann werdet ihr alles sehen, Italien und die ganze Welt, werde Arzt, mein

Sohn«, sagte die Mama, während sie mich ins Bett brachte, »werde Arzt oder Flugkapitän«, sagte meine Mutter am Saum der Nacht, aber sie träumte davon, dass ich bliebe, mein Leben lang, um bei ihr zu sein, so dachte ich an jenen Abenden, so las ich es in den Augen dieser kleinen Frau, die Angst hatte vorm Leben, vor der Welt, die zu groß war, um sie zu verstehen.

Unsere liebe Frau der verbotenen Träume, die Deutsche aus dem Haus neben dem Teich, dem großen Haus mit Palmen und Olivenbäumen im Garten, eher ein Wald als ein Garten war das, in dem sie die Vormittage damit verbrachte, auf ihren Mann zu warten, einen Geschäftsmann von auswärts, der bei uns gelandet und gestrandet war, die blonde Frau mit den langen Zöpfen, wie viele Nächte haben ihre Blicke mich wach gehalten, »Unsere liebe Frau komm zu mir«, betete ich im Bett, während ich auf den Schlaf wartete, und sie streichelte die ganze Nacht mein Haar, und küsste mich auf die Lippen und sie waren feucht und ermattend, diese meine Träume, unsere Madonna mit dem süßen Lächeln, als ich sie so knien sah, vor ihrem Mann, wie in einem obszönen Comic. »Oh Gott, wie sehr ich groß werden will«, sagte ich mir damals, »wie wunderbar es sein muss, mit geschlossenen Augen ein Kissen an sich zu drücken, während diese Frau dich dort küsst, wo es verboten ist.«

Im April gab es vor allem ein Fest, zu dem mein Vater uns am Samstag auf die Fähre und in die ferne Stadt mitnahm, den ganzen Tag wurden Einkäufe getätigt oder Verwandte besucht, wunderschön war die Stadt in meinen Augen, voller Leute, die ständig überall herumliefen, Leute, die sich begegneten, ohne sich zu grüßen, sie war hässlich mit ihren grauen Häusern, mein Vater sagte, dass unser ganzes Dorf da hineinpassen würde, in eines von diesen zehnstöckigen Häusern, und meine Mutter bat, nie dort wohnen zu müssen, »Lieber Ziegen hüten auf dem Dorf«, sagte meine Mutter, »lieber allein auf der Weide als in so einem Loch im sechsten Stock, ohne jemals die Erde zu berühren, mit Nachbarn, die dich hören, wenn du auf die Toilette gehst«, so redete meine Mutter auf diesen Ausflügen, und ich sah den Mädchen nach, blond und schön wie die Deutsche meiner verbotenen Träume, wie viele es davon gab in der riesigen Stadt, wie viele Leute keine Ruhe fanden, alle dauernd unterwegs, ohne einander zu grüßen, ohne den Namen desjenigen zu wissen, der neben ihnen ging.

Im April kam meine Cousine, die Römerin, mit ihrer Mutter, um sich ein wenig zu bräunen, um den Strand zu genießen ohne das sommerliche Gedränge, meine Cousine aus Rom und ihre Mutter, Tochter von Emigranten, wie schön das war, wenn sie unten am Hafen ankamen, ich und Claudio immer vorneweg, wie ein Empfangs- und Willkommenskommando, es gab Pakete und Küsse und Süßigkeiten und Wein und Gutangekommen und Großegeschenke, meine Cousine Linda, die Römerin.

Und an Ostern vor allem sang meine Großmutter Gebete, auf einem Hocker sitzend, vor und nach der Messe, eines pro Tag, die ganze Fastenzeit hindurch, »Hilf uns den Weg zu finden o Herr«, sang die Mamma der Mamma, und Lobpreisungen der Madonna, Jungfrau Mutter Jesu so unendlich barmherzig, »Und wie ist die Madonna gestorben?«, fragte ich die Großmutter, um sie durcheinanderzubringen, »Bete«, sagte sie mit frommer, beseelter Miene, »bete, mein Sohn, auf dass Gott uns immer leite«, aber ich betete nicht, damit ich nur nicht zum Pfarrer wurde oder zum Frömmler, wie uns die echten Männer aus der Kommunistenbar immer warnten, und ich wollte auch nie beichten, weil das ganz sicher etwas für Schwule war, »Dem Pfarrer was von der Deutschen aus meinen Träumen zu erzählen, du spinnst wohl!«, sagte Claudio, der zwar zum Pfarrer ging, wegen des sonntäglichen Taschengeldes einer frommen verwitweten Tante, aber ohne von seinen Träumen und den Heftchen zu erzählen, sondern nur von nichtigen Vergehen, die er erfand, wie es alle anderen auch taten, Ehemänner und Ehefrauen und betagte Sünder.

Und immer gab es Freundinnen und Freunde meiner Cousine und ihrer Mutter, mit denen man sich zusammentun konnte und ein Doppel spielen, den Tag auf dem roten Platz verbringen und schwimmen und spazieren gehen, sich zusammentun und Fisch essen, im Schatten einer Pergola am Nachmittag, Freundinnen mit fremdem Akzent, und die alte Villa war immer erfüllt von Gelächter, von Getränken in der Sonne und Obstsalat und Kuchen und Creme, wie ein Garten der Lüste und der Prinzessinnen, sie lasen elegante Modezeitschriften und fast immer weibliche Leserbriefe, sie sprachen über Affären und über ihre Freunde, über nie zuvor erwähnte Orte und Städte, Campo de' Fiori und Trastevere und Circeo, Forte de' Marmi und Sabaudia und Prati und Ischia; sie sprachen über Ferien und Villen am Meer, immer unzufrieden, wenn es Abend wurde und Zeit, auszugehen, unzufrieden wegen der wenigen Leute, wegen des Mangels an guten Lokalen, wegen unserer kleinen Insel mit ihrem wenig klingenden Namen und den noch wenigeren Touristen.

»Das darfst du nicht tun«, sagte meine Großmutter an manchen Abenden zu meiner Mutter, wenn sie weinte und ihr Gesicht verbarg, »Was habe ich denn getan?«, fragte meine Mutter wen auch immer, jedenfalls nicht meine Großmutter, die mit dem Rosenkranz in der Hand betete und sie mit ihrer zerfurchten Stirn ansah, sie sah aus wie eine uralte Madonna, »Tu das nicht, du darfst nicht so weinen, drüben ist der Junge, der kann dich hören«, und in der Tat hörte ich es, ich sah durchs Schlüsselloch, im Zimmer meiner Großmutter hatten sich die beiden Frauen versteckt, und Großmutter betete und Mutter weinte weiter, »Warum hat er das getan«, sagte sie, »warum hat er das getan? Und wo ist er hingegangen, Mamma?«, fragte meine Mutter und mir wurde zum ersten Mal klar: diese Alte war ihre Mutter, so wie die andere meine Mutter war, und das war mir unheimlich und ich war eifersüchtig, auf die Alte, die betete, indem sie für uns alle ihren Glauben sang, und die meine Mutter jetzt um Rat und Mitgefühl bat, ich beneidete sie und fragte mich wieder, wo Papa war, der seit einem Monat schon nicht mehr nach Hause gekommen war und keiner erklärte mir, warum.

Als meine Cousine ankam, folgten wir ihr unablässig, und das waren nicht mehr nur Claudio und ich, wir teilten uns in Gruppen ein, damit wir keine Sekunde dieser Stadtleute verpassten. Sie hatten einem Franzosen aus dem letzten Jahrhundert eine große Villa abgekauft, mit Swimmingpool und Meerblick, Politiker war mein Onkel von Beruf, wenig bekamen wir ihn zu Gesicht, diesen fernen Verwandten, er kam für zwei, drei Tage und verschwand dann wieder, Frau und Tochter ließ er wochenlang dort, und wir folgten ihnen dann auf Schritt und Tritt; uns gefielen ihre weißen Turnschuhe und die rote Erde, auf der sie jeden Tag spielten; meine nach dem Tennisspielen verschwitzte Cousine war für uns eine Vision eines anderen Lebens, eines Zeitvertreibs, der uns fremd war, die weiße Eleganz der Polohemden und der Tennisschläger, die Pferdeschwänze, alles fanden wir schön an diesen Leuten und ihrem städtischen Gebaren.

Den Grund für das Weinen meiner Mutter kannte ich nicht, ich fragte die Großmutter und sie sagte »Bete, mein Sohn, bete«, mit der Mamma darüber zu sprechen traute ich mich nie, und der ferne Papa ließ nichts von sich hören; Claudio sagte es mir eines Tages, »Dein Vater hat was mit einer Angestellten aus der Stadt«, sagte er mir eines Nachmittags, und da war es schon Winter und die Insel gehörte wieder uns, und wir kamen aus der Schule und er sagte zu mir:

»Dein Vater ist weggegangen, er vögelt jetzt Fräulein De Giovanni, die Sekretärin von der Grundschule, die dieses Jahr in die Kreisstadt zurückgegangen ist, das ist passiert und es ist besser, dass du Bescheid weißt«, das sagte Claudio zu mir in dem Winter, und das ist alles, was ich je darüber erfahren habe, ich habe nie wieder wegen der Flucht gefragt, nie wieder etwas darüber wissen wollen, die Gerüchte waren mir egal, ich habe meinen Vater nie wieder auf der Insel gesehen, nie wieder nach Spuren von ihm geforscht, bis zu einem April sehr viel später, einem April ohne Reime und ohne Claudio, einem Frühling des Erwachsenenalters, ohne Radrennen und Seeräuberabenteuer, ohne die Poesie der Träume und der Erfindungen, einem April, der zu anderen Orten gehörte, weit weg von unseren Kinderjahren.

Und die Jahre sind schließlich vergangen, und wie viele.

Und früher oder später wird alles zu Prosa, und die Poesie verschwindet, oder sie bleibt in der knappen Stunde gefangen, bevor man einschläft, zwischen all den normalen Dingen, die man so tut: arbeiten, Geld verdienen, die Kinder in den Kindergarten bringen und später zur Schule, und zum Basketballtraining, und zum Fußball, und zur Tennisstunde. Eine Stunde Poesie, die man sich aus Büchern holt, weil sich das Leben nicht mehr so reimt wie früher, weil es nicht mehr nur Abenteuer und Sonne ist, und Fahrradfreiheit und Losrennen nach der Schule; nein, das Leben wird anders, ganz in Prosa geschrieben eben, oder vorwiegend in Prosa, selbst wenn es eine Frau gibt und ihr

Lächeln, und Kinder, denen jetzt du etwas erzählen kannst und die du zum Träumen bringen kannst, wenigstens für eine Stunde.

Ich bin groß geworden und weggegangen, alles in allem war es gar nicht so schwer, alles in allem muss man nur groß werden, und das ist überhaupt nicht schwer, ich bin groß geworden und weit weggegangen zum Studieren, mit dem Vorwurf, der meiner Mutter ins Gesicht geschrieben war, und meiner Großmutter noch deutlicher: »Wie kannst du das tun, wie kannst du uns hier allein zurücklassen? Was fehlt dir hier bei uns?«

Ich bin groß geworden und wollte diese Vorwürfe nicht mehr hören, mich nicht mehr einsperren lassen von dem, was geschehen war und von ihrem stummen Schmerz, vom Abgang meines Vaters, der nie erwähnt wurde, nie kommentiert wurde, ich wollte nicht bleiben und für die Gemeinde arbeiten, oder im Laden meiner Tante; ich bin groß geworden und habe Stipendien bekommen und habe das getan, was ich wollte, ich habe studiert und gejobbt und Städte besucht und Frauen kennengelernt, die ich mehr oder weniger geliebt habe, mehr oder weniger erwidert; ich trage seinen Abgang in mir, er steckt in mir, ohne in Worte gefasst zu sein, meine Großmutter und meine Mutter habe ich mitgenommen, ihre harten Gesichter, ihre täglichen Gebete, immer und jeden Moment denke ich an meine kleine Insel und an die Frühlinge meiner Kindheit, aber mich einsperren lassen, das wollte ich nie.

Die Poesie wird zur Prosa, und wer dir nahe war, versteht dich nicht, wer dich in den Schlaf gewiegt hat mit den Worten »Werde Arzt, mein Sohn, oder Offizier der Luftwaffe«; wer dich gewiegt hat, bleibt in den Jahren stecken, in denen du ein Kind warst, und in seinen Augen wirst du nie groß, du kannst nicht groß werden, auch wenn du es längst bist, »Wie willst du es schaffen in der großen weiten Welt ohne Vater und ohne Geld?«, und dennoch habe ich es geschafft, indem ich wie ein Armer lebte und sonntags arbeitete, und obwohl es mir immer leidgetan hat, dass meine einsamen Frauen allein waren, musste ich weg, und ich bin gegangen, immer mit der Erinnerung an jene Jahre, Erinnerungen aus Poesie, nostalgische Lügen, mit dem Gefühl, gehen zu müssen und dem Schmerz, nicht bleiben zu können.

Pfarrer Polenta ist kein Pfarrer mehr. In der Zeit, in der meine Mutter litt, verlassen und verloren, verguckte er sich, ja verliebte er sich in sie, an jenen Nachmittagen, an denen sie weinte und betete und seine Hand drückte, entdeckte er das, was er nicht sollte: in dieser Frau, in ihrer Schönheit, ihrem schmerzlichen Reiz, sah Pfarrer Polenta zum ersten Mal all das, womit eine Frau einen Mann verzaubern kann.

In nicht abgeschickten oder nicht von den Adressaten gelesenen Briefen, in unnützen oder schmerzhaften Briefen erschöpfen sich viele Liebesgeschichten, die nicht gelebten, zu sehr erträumten, bis sie schließlich zu etwas anderem werden, einem Liebesentwurf, einer absoluten Liebe, die nichts gemein hat mit jener echten Liebe, die anstrengend ist und langweilig, voller Sex und Flüssigkeiten und Trost und Kränkung; Pfarrer Polenta lebte seine Liebe in seinen Briefen aus, zu unterwürfig meiner Mutter gegenüber, als dass er einen Kuss hätte vorschlagen können, eine Flucht, eine Ehe; in diese Briefe hat er seine Liebe gelegt, viele Briefe aus anderen Orten, die er an die Frau schickte, die wieder einen Mann aus ihm gemacht hatte, mit den Bedürfnissen und den Nöten eines Mannes, allzu schwer waren mir als Kind damals die Pflichten eines Pfarrers erschienen, allzu schwer waren sie dann auch Pfarrer Polenta erschienen, der aus Turin stammte oder zumindest aus dem Piemont, ein Mann mit einem hochgewachsenen, kräftigen Körper, voller Blut, das sich in seinen stets roten Backen staute, Backen und Haut und Hände wie ein gesunder Bauer; in die Briefe hat er seine Liebe zu meiner Mutter gelegt, und ich fand sie in unserem Haus und besitze sie heute noch, wie die meiner Mutter an ihren weggelaufenen Ehemann; vieles von unserer Liebe und unserem Hass, von unseren Wahnvorstellungen, die uns vom Weg abkommen lassen, endet so in Tinte und Papier; ich besitze und lese diese Briefe, diese Bitten um Vergebung eines Pfarrers, der sich an sein verirrtes Schäflein wendet, das ihn vom Weg abgebracht hat, oder ihm den richtigen Weg gewiesen hat: er ist jetzt wieder ein Mann, es gibt Gebote des Körpers, die er nicht ignorieren kann, Vorstöße des Herzens, die er nicht aufhalten kann; »Hab Erbarmen mit mir, wenn ich nicht aus Geist und Glauben bestand, Erbarmen, dass ich dir nicht besser helfen konnte, mit Worten und Taten, dass ich nicht Priester genug war, zu sehr Mann und zu gebannt von deinen Augen«; heute sind diese Briefe bei mir, die einer Frau sagen, dass ihre Schönheit ein Leben verändert hat, ein Schicksal, und dass sie sich nicht wegwerfen und dem Leben verweigern darf; »Auch das ist eine Sünde vor Gott, und du darfst nicht aufhören zu glauben, was unsere Tage noch an Gutem bringen können, du darfst nie aufhören zu glauben, an Gott und an die guten Dinge«.

Vergebliche Bitten, meine Mutter hörte nicht auf sie, sie warf sich weg: sie wehrte sich nicht, sie lebte nicht, sie ist seit jener Zeit nicht mehr ausgegangen, ihre Augen, die ihn verzaubert hatten, verloschen nach und nach.

Pfarrer Polenta heiratete schließlich in einer Stadt im Norden, nicht in seinem Piemont der Kastanien und des Rotweins, in einem Norden der Ebenen und der Fabriken, auf jeden Fall weit weg von uns und von ihr, Pfarrer Polenta hat eine Backstube aufgemacht, eine Tochter bekommen und dann noch eine, so viel weiß ich, und ich hoffe, dass es ihm gut geht, und dass Gott ihm beistehe, bei seinem Leid und seiner Reue als Mann.

Es war nicht jeden Monat April, und manche Februartage, wenn man ehrlich an sie zurückdenkt, waren so lang wie Albträume: mit siebzehn Jahren, als das Fernsehen uns Filme über Teenager in amerikanischen Städten ins Haus brachte, die zwischen Wolkenkratzern und Drive-Ins aufwuchsen, zwischen blonden Surfern und superblonden Bademeisterinnen, bestanden manche Nachmittage aus langen Stunden, die man auf der Piazza totschlug, mit einem gut gebügelten Hemd oder einem New Yorker Sweatshirt und mit Gelatine in den Haaren, unweigerlich umgeben von anderen genervten Teenagern; es gab lange Samstagabende, die darin bestanden, dass wir Mädchen suchten, von denen wir wussten, dass es sie nicht gab, unbekannte und willige Mädchen, die zumindest zu einem Kuss bereit waren, einem Abenteuer wie im Fernsehen, wo waren die Mädchen aus dem Fernsehen?, hinterm Meer gab es noch eine Insel, immerhin, fremd und unverständlich, aber wohin gehen? Um was zu tun?

Der Sommer war etwas besser, und man konnte mit Touristinnen herumalbern, auch ein paar Ausländerinnen waren darunter, und man entdeckte ein wenig Poesie in den Sonnenuntergängen am Strand, in Lagerfeuern im Sand, in Gartenfesten; aber lange Zeit gab es vor allem die Langeweile, und was einem jetzt als Poesie erscheint, kommt einem vielleicht deshalb so vor, weil die Erinnerung die Nachmittage zu Hause und die Winterabende, an denen man eingesperrt war, einfach ausklammert; die Erinnerung macht dich zum Lügner, sie lässt dich lediglich die Magie eines Dreizehnjährigen fühlen, die Apriltage auf dem Land, so ist die Erinnerung, zumindest meine.

Claudio hat seinen Weg nicht gefunden. Auch er ist groß geworden, wie ich, in weitere Gefilde aufgebrochen, wo man nicht die ganze Zeit vom Meer umzingelt ist, weit weg von einem Vater, der Kaufmann ist und ständig sagt: »Komm zurück, was willst du ohne Geld und ohne Studium?«, auch er ist weggegangen, beflügelt von der Euphorie über Straßen, die überallhin führen, Züge, die jeden Moment losfahren, Städte inmitten der Straßen der Welt; eine Euphorie, die keiner verstehen kann, der nicht jahrelang an einem Ort gelebt hat, an dem man nur ankommen oder abfahren kann, aber nicht zufällig vorbeikommen; ein Ort wie ein Felsen, ein Ort, wo es eine letzte Fähre spätabends gibt und dann nichts mehr, egal, was in der Welt passiert, du bleibst da, verbringst deine Zeit weit weg von allen, von der Geschichte und vom Weltgeschehen, in der absoluten Peripherie.

Claudio hat sich verlaufen aus angestauter Wut, Eile und Verwirrung, wer kann das schon sagen?, und vielleicht konnte man damals schon ahnen, dass sein Blut zu stark wallte. Das war er für mich: ein wütender und chaotischer Krieger, allergisch gegen Bücher und Gebete, niemals böse und niemals gehorsam.

Für mich war er wie ein Held, dem ich folgte, oder den ich zumindest bewunderte; oft fragte ich mich, ob ich nicht vielleicht schwul war, gay, eine Schwuchtel, wie wir damals sagten, ob die Bewunderung, die ich für ihn empfand, das Bedürfnis, ständig mit ihm zu sprechen, ihn bei jeder Sache um Rat zu fragen, zu wissen, was er dachte und was er tun würde, ob all das nicht Liebe war.

Oft fragte ich mich das, ohne den Mut zu finden, es mich wirklich zu fragen, und schon gar nicht, mit irgendjemandem darüber zu sprechen; ich fragte mich das zwar, aber heimlich, im hintersten Winkel meines Kopfes, nur in Gedanken.

Deshalb, auch deshalb, war meine Cousine wichtig in dieser Zeit: sie zu sehen und sie mir nackt vorzustellen, war ein und dasselbe, übergangslos, und das tröstete mich; die Vorstellung, anders zu sein, oder schwul, oder eine Schwuchtel, wie wir sagten, die Vorstellung, so zu sein, war grauenhaft in dem Alter, das nackte Grauen, und dieses Mädchen, das meine Gedanken und meine Phantasie okkupierte, war eine Garantie: »Nein, ich bin normal.«

Wenn ich meine Kinder in die Grünanlage meiner Stadt bringe, tut es mir weh, dass sie sich so freuen über zwei Bäume und ein Stück Wiese, mir tut ihre ständig überwachte Freiheit weh, das vor allem lässt mich in Reimen an meine Kindheit denken, ihre Freiheit ist immer von einer Mutter und einem Vater eingeschränkt und von einem Mädchen, das dafür bezahlt wird, sie zu überwachen, ihre Bewegungen, die immer von anderen bestimmt werden, immer programmiert sind; wenn ich sie mit uns damals vergleiche, wenn ich sie mit jenen Frühlingen vergleiche, tut mir das weh; sie haben wunderschöne Fahrräder, meine Kinder, neu gekauft und nicht von einem alten Bastler zusammengeflickt, aber sie können nur am Sonntag damit fahren, bei Ausflügen, die einen Monat vorher organisiert werden müssen; Ausflüge, bei denen wir neben ihnen herfahren und ihnen zeigen, wie die Welt jenseits des Zements ist, in dem sie aufwachsen, die Aprilwelt zwischen den Bäumen auf dem Feld.

Meine Mutter ist auf unserer kleinen Insel geblieben, meine Großmutter bei ihr, sie haben sich gegenseitig Gesellschaft geleistet, mit viel Mut, mit vielen Gebeten. Ich bin hingefahren, so oft ich konnte, während meines Studiums in der Fremde, auf dem fernen Kontinent, während meines Studiums und auch danach, als ich eine ziemlich echte Arbeit hatte, ziemlich sicher, so sicher, dass sie sich keine Sorgen mehr um mich machen mussten. Aber vor allem die Jahre meines Studiums waren hart gewesen: ihre Niederlage war noch jung und schwer zu verkraften, dieser unverständliche Schlag der Liebe, der Mann, der wegen einer anderen abgehauen war, absurd und nicht hinnehmbar.

Claudio war mein Bruder, gemeinsam klauten wir in den Geschäften unten am Hafen, liefen wir weg, wenn sie uns erwischten, wurden wir von unseren Müttern dafür bestraft; gemeinsam küssten wir die ersten fremden Mädchen, gemeinsam entdeckten wir, dass man kein amerikanischer Städter sein musste, um bei den nächtlichen Festen am Strand Erfolg zu haben, gemeinsam lernten wir, wie man die anderen unterhält und neugierig macht, wie man sich von den Felsen stürzt, ohne Angst zu haben, wie man Blödsinn redet und Schlager singt; wir teilten unsere Leidenschaft für Frauen, für Eroberungen, und Sex, und den Schmerz der Zurückweisung, gemeinsam studierten wir die Musik für die Abende am Strand ein, Gitarre und Mundharmonika und Trommeln, für die Lagerfeuer um Mitternacht, für August, wenn das größte Fest unserer Gegend gefeiert wird; gemeinsam erträumten wir unsere Reisen, fuhren wir zum Campen auf die größere Insel; gemeinsam hassten wir die Schule und die Ratschläge all derer, die älter waren als wir; gemeinsam erlebten wir das alles, lange Zeit, bevor wir in verschiedene Richtungen davonliefen.

Der Deutschen aus Stuttgart bin ich nicht mehr begegnet, nie wieder, und ich habe auch nie im Dorf nach ihr gefragt, meine Mutter und meine Großmutter haben sie nie wieder erwähnt, ich kann das verstehen: die Schamlose sonnte sich in ihrem Garten ohne Oberteil und wühlte unsere Träume auf. Das weiße Leuchten ihrer Haut blendete uns Afrikaner, die nur ihre Insel kannten, sie fällt mir wieder ein, wenn ich die jungen deutschen Mädchen sehe, die meine Stadt jetzt das ganze Jahr über besuchen, im Sommer verhüllen sie sich mit weißen Tüchern und großen Hüten, sie laufen durch die Straßen und kämpfen tapfer an gegen die arroganten Strahlen, wie es jene Frau wohl getan hat, die neun oder zehn Monate des Jahres auf meiner kleinen Insel verbrachte, immer im Hader mit einem Himmel, der sie verbrennen wollte. Wie alt sie wohl damals war, frage ich mich heute: sie erscheinen uns immer groß, die Gestalten aus der Zeit, in der wir klein waren, einfach nur groß; wer weiß, wie alt sie war, vielleicht so alt wie ich jetzt, oder noch jünger, vielleicht war sie zwanzig Jahre alt, als sie mit ihrem Liebsten von zu Hause ausriss, weit weg an diesen Fleck im Süden, gegen den Willen der Familie und auf die Stelle in der Bank, die für sie vorgesehen war, verzichtend, vielleicht war sie Ärztin und hatte ihr Krankenhaus und ihre Karriere aufgegeben, um afrikanische Sonnenuntergänge im Garten zu malen, vielleicht verbringt sie jetzt ihr Alter in Stuttgart, ohne ihre Brüste noch irgendjemandem zu zeigen, ohne einen Garten, um sie zur Schau zu stellen, wer weiß.

Claudio war wie ein Cousin, ein Bruder, Claudio und ich lernten eine Französin kennen, in einer Julinacht, in der Bar am alten Campingplatz, und wir tranken etwas mit ihr und ihren Freundinnen und bekämpften uns am Kicker und brachten sie zum Lachen und flirteten mit ihren Freundinnen und sangen »Hasta siempre comandante« und »Nino non aver paura di sbagliare un calcio di rigore«.

Wir sangen und lachten und spielten Gitarre und Mundharmonika und blickten ihr in die Augen, alle beide, um herauszufinden, wer von uns beiden ihr besser gefiel, wen sie für den Abend vorzog, einem Ferienabend für Achtzehnjährige, einem erotisch aufgeladenen warmen Abend; gemeinsam gingen wir zum Strand hinunter, zu dritt, und während wir die Straße entlanggingen, lachten und scherzten wir weiter und wussten nicht, wen sie wählen würde; ich und mein Bruder schliefen mit derselben Frau zur selben Zeit, küssten sie an jeder Stelle ihres Körpers und versuchten, unsere Zungen und Hände nicht zu berühren, während wir erst ihre Lust und dann unsere befriedigten, mit Überkreuzungen und Tausch der Rollen und der Positionen, und danach gab sie jedem von uns einen Kuss und sagte »Wie schön ihr seid«, und wir sahen einander nicht an und hatten überall Sand, in uns und in den Haaren, und ich ging ins Wasser, und es war warm und der Mond hoch und stark, und ich schwamm eine halbe Stunde durch die tiefe Nacht, hörte noch die Gitarre und das Gelächter von einer Ecke des Strands und schwamm, um nicht zu denken, und schwamm und dachte an Claudio und an das, was geschehen war, und schwamm und dachte an die Zukunft und daran, dass diese Insel eines Tages nicht mehr meine sein würde und dass ich woanders studieren würde und ich ging an Land und keiner war mehr da und ich dachte, dass die Zukunft zu viel von unserer Zeit verschlingt, während wir an sie denken, und dass das nicht richtig war; dass in diesem Winkel der Welt, wo die Welt zu Ende ist, Freunde immer dasselbe wie Brüder sind, ich fragte mich wieder einmal, warum mein Vater weggegangen war und was aus mir werden würde, all das dachte ich in jener Nacht, obwohl ich es nicht denken wollte. Und Claudio war noch unterwegs mit ihr, Hand in Hand, und ich war immer noch betrunken, aber es war geschehen, und sie waren weggegangen, und ich war eine halbe Stunde lang geschwommen und die Beine taten mir weh und ich wollte schlafen und ging allein nach Hause, durch die Nacht, die jetzt warm war und still.

Meine Großmutter ist vor einem Jahr gestorben. Sie hat durchgehalten, Widerstand geleistet, bis zum letzten ihrer Abende hat sie zu Gott gebetet, damit er ihr die Kraft dazu gibt, und das sagte sie laut, »Nicht für mich, sondern für diese Frau, für mein Blut, für meine Tochter, die wie eine

Witwe ist, damit sie nicht allein sein muss«, und das hatte sie mir schon viele Male gesagt, »Gott hat mir diese Aufgabe gegeben: Gott hat mich beauftragt, dieser armen Frau beizustehen.« Sie, meine Großmutter Evelina, immer schwarz gekleidet, hatte sich nie über ihre frühe Witwenschaft beklagt, über die schlimmen, harten Jahre als Frau eines Fischers, über nichts, was sie selbst betraf.

Über mich hatte sie sich immer beklagt, über meine Entscheidung, wegzugehen, meine Mutter schutzlos und allein zurückzulassen, über meine Unfähigkeit zu begreifen, dass es kein eigenes Schicksal gibt, dass dein Schicksal immer auch das deiner Lieben ist, dass dein Schicksal immer dem geopfert werden muss, der dich liebt, dem, der vor dir da war, dass dein Schicksal das ist, was Gott dir gegeben hat, und es eine Todsünde ist, wenn man seinem Weg nicht folgt.

»Warum bist du weggegangen?«, fragte sie mich tausend Mal, ohne es mich zu fragen, und sie sah in mir den Sohn meines Vaters, seinen Schüler darin, meiner Mutter jeden Tag aufs Neue Leid zuzufügen, »warum habt ihr sie verlassen?«, fragte sie mich tausend Mal ohne etwas zu sagen, ich und mein Vater eine einzige Schuld, eine einzige Sünde.

In ihrem Krankenhausbett, voller Schläuche und Kanülen, nahm sie meine Hand, drückte sie fest, mit einer erstaunlichen Kraft, einer Kraft, die man ihr nie zugetraut hätte, sie drückte meine Hand und sagte »Mein Enkel, lass deine Mutter nicht allein, verlasse sie nie«, und ich sagte ja, sagte, dass ich immer an ihrer Seite sein würde, sicher, jetzt, wo sie das nicht mehr konnte, und tatsächlich habe ich meine Mutter mitgenommen, in diese Stadt, die ihr fremd ist, so weit weg von ihrer Heimat; ich habe es für sie getan, für meine Großmutter und ihre Kraft als Todgeweihte, »Lass deine Mutter nicht allein, mein Junge, tu das nicht«, und sie meinte: »Geh zurück zu ihr«, stattdessen habe ich ihre Tochter mitgenommen, und ich weiß, dass meine Großmutter das nicht verstehen würde und dass sie nicht damit einverstanden wäre und dass sie immer noch denken würde, dass ich ein Sünder bin, aber mehr kann ich nicht tun.

Es ist zwar möglich, dass Pfarrer Polenta sich in meine Mutter verliebt hat, der umgekehrte Fall aber ist ausgeschlossen. Sie liebte weiterhin meinen Vater. Jetzt weiß ich es mit Gewissheit, denn ich habe meiner Mutter geholfen, ihre Sachen zusammenzupacken, die Koffer für ihr neues Heim, das das meine ist, in der Stadt, die sie nicht versteht, die, die mich damals aufgenommen hat, und beim Aufräumen der alten Sachen und Auswählen dessen, was mitkommen sollte, fand ich die Briefe, die sie, meine Mutter, noch lange Zeit an den Verräter geschrieben hat, den Ausreißer, den Lügner, die Briefe, die meine Mutter, ohne sie jemals abzuschicken, an meinen Vater schrieb, der weggegangen war. Es sind schreckliche Briefe voller Beschimpfungen, Drohungen, Gebete, Selbsterniedrigung. »Du hast gut daran getan zu gehen, ich bin ein Nichts«, »Warum kommst du nicht zurück, Vermaledeiter?«, »Komm zurück, mein Geliebter, ich bitte dich«; sie enthalten eine Frage, diese Briefe, die immer wieder aufs Neue gestellt wird, oder unausgesprochen mitschwingt, eine Frage, die für sie alles bedeutete, und für mich so gut wie nichts, und für meinen Vater vermutlich ebenso wenig: »Wie konntest du nur einen Schwur brechen?«, das fragt meine Mutter auf diesen Seiten und sie tut es immer wieder, »wie konntest du nur? Du, der du gesagt hast ›In guten und in schlechten Zeiten‹, vor dem Herrn, in seinem Haus, ›Bis dass der Tod uns scheidet‹, wie konntest du das nur?«, und während sie ihn das fragt, fragt sie es sich selbst, meine Mutter, ohne eine Antwort darauf zu finden, wie konnte dieser Mann einem Schwur so wenig Bedeutung geben, den er vor ihr und vor Gott geleistet hatte?

Ich erinnere nicht alles, was in jenen Frühlingen geschehen ist, in Reimen, in Poesie und sonnigen Bildern, aus irgendwelchen Gründen erscheinen mir manche Personen unscharf, zu mir dringt vor allem das Echo ihrer Stimmen, wenn ich sie schildern müsste, würde ich das mit Klängen tun, ich bräuchte ein Orchester für meinen Onkel, den Vater von meiner Cousine Linda, die in Wirklichkeit gar keine Cousine war, nur eine Art Cousine, der Onkel nur eine Art Onkel.

Man bräuchte ein Orchester, um seine Stimme und seine Scherze wiederzugeben. Die seltenen Male, die er auf die Insel kam, beklagte er sich darüber, dass der Ort so abgelegen war und so klein und dass es so wenig Leute gab; man bräuchte Geigen und Schlaginstrumente, um seine süditalienischen Witze wiederzugeben, sein neapolitanisches Gezeter, seine Beleidigungen für alles und jeden, sein simples und oberflächliches Chaos, seine Reden über zärtliche, schöne Frauen, aus denen die Begeisterung eines kleinen Jungen sprach.

Ein balkanisches Orchester bräuchte man, um den Rhythmus seiner Monologe wiederzugeben, die nur aus Theorie und Projekten und Verfluchungen bestanden; jedes Mal, wenn er kam, gab es einen Orkan aus Worten und Umarmungen, wir waren alle seine Freunde, alle seine Verwandten und ihm lieb und teuer, er brachte riesige Geschenke mit, und Mozzarella und *struffoli* und *sfogliate*, Süßigkeiten aus seiner Heimatstadt, die er immer im Herzen trug; und er regte sich über unsere wortkarge, faule Art auf, »Hier würde ich ein riesiges Hotel hinstellen«, sagte er über einen kargen Hügel, »und der Hafen muss ganz neu gemacht werden, aus der Thunfischfangstation machen wir einen Olympia-Sportplatz und einen Golfplatz, nach Westen hin«.

Er hatte ständig Lust, sich etwas auszudenken und Vorschläge zu machen, er sprach stundenlang mit unserem Bürgermeister und anderen Politikern auf der größeren Insel, alle kamen, um ihn zu besuchen und ihn um Gefallen und um Empfehlungen zu bitten; »Was für entsetzliche Nervensägen die doch sind«, sagte mein Onkel über die Bittsteller, die wie bei einer Prozession zu ihm strömten, »das sind alles Nervensägen und Nichtsnutze«, sagte er, aber wenn er keinen hatte, mit dem er trinken und reden konnte, abends beim Essen unter der Kühle des Vordachs, wenn die

Villa nicht voller Leute und Feste war, zu jeder Tages- und Nachtzeit, wenn er auch nur einen halben Abend allein war, fühlte er sich schon vereinsamt. »Ach«, sagte er dann, »zum Teufel mit dieser Insel, die so unerträglich langweilig ist, zum Teufel mit euch«, und dann ging er ins Dorf, um einzukaufen und Gäste und Tischgenossen zu suchen, er ging ins Miramare auf einen Aperitif und quatschte Touristen an, um ein paar Deutsche zu finden, die ihm Gesellschaft leisteten, die mit ihm *sfogliate* und Mozzarella teilten und ein wenig feierten.

Meine Großmutter, meine Mutter und die Leute von meiner Insel hatten unrecht: es stimmt nicht, dass jemand, der an einem Ort unglücklich ist, es überall sonst auch ist, dass es einem woanders nicht besser gehen kann, dass man nur dann reisen sollte, wenn man dazu gezwungen ist, nur der Arbeit wegen und in jedem Fall nur, um irgendwann zurückzukehren. Nicht allen, die weggehen, geht es besser, aber manchen eben schon, ich weiß das, mir geht es gut in einer Großstadt, wo ich zu jeder Tageszeit essen gehen kann, wo ich fremden Gesichtern begegne, fremden Akzenten, Frauen, die ich nie zuvor gesehen habe und die schön sind und interessant; wo ich einer Französin begegnet bin, die ich geheiratet habe, und mit der ich Kinder bekommen habe, die zwei Sprachen sprechen und in deren Schule es Kinder gibt, die aus allen Teilen Europas kommen, und Afrikaner und Inder und Chinesen und Pakistanis, alle unterschiedlich und doch gleich. Ich finde es schön, wenn mich keiner kennt, wenn ich ein Lokal betrete, oder wenn ich nach Hause komme und meinen Hausmeister grüße, der sich meinen Namen immer noch nicht gemerkt hat, und der nichts davon weiß, dass mein Vater abgehauen ist, und es auch nie erfahren wird, und nichts über meine Tante und ihren Laden und meine Mutter, die jahrelang bei ihr arbeiten musste, um über die Runden zu kommen.

Nichts weiß dieser Hausmeister von dem Bruder meines Lebens und von jener Nacht, in der wir zugleich mit derselben Frau schliefen, ich und Claudio, der wir Lust bereiteten, aber nicht so, wie wir uns das mit unseren zwölf Jahren vorgestellt hatten, nicht mit den männlichen Schreien aus den streng verbotenen Heften, sondern indem wir dem Rhythmus und den Wünschen dieser jungen Französin folgten und uns langsam klar wurde, wie schwierig und wie schwer er zu fassen ist, der Sinn unserer Körper, wie viele Regeln eine Ausnahme suchen aus der so viel beschworenen Normalität, die so oft nur unrettbare Langeweile mit sich bringt; wir haben es gelernt, Gott sei Dank, ich und mein Freund, dass man nicht Komm und Genieße und Nimm und Mach dich auf schreien muss, um einem Mädchen Lust zu bereiten, so wie es uns in jener Nacht am Strand gelungen ist, und ob es uns gelungen ist!, und ich schwamm eine halbe Stunde danach und sah sie von ferne weggehen, Hand in Hand, in jener stillen, lieblichen Augustnacht.

Nichts weiß der Hausmeister von mir und meiner Cousine Linda, von meinen Sommern als unendlich gelangweilter Jugendlicher und von Pfarrer Polenta, der jetzt kein Pfarrer mehr ist und vielleicht immer noch an meine Mutter denkt, wegen der er das Priesteramt aufgegeben hat; nichts weiß mein Hausmeister von der Einsamkeit meiner Mutter, er weiß nur, dass sie plötzlich zu mir gezogen ist; nichts darf er erfahren, denn das ist eine Stadt und das Unglück wird hier nicht geteilt und jeder trägt die Last seines eigenen Schicksals, und nur die.

Meine Großmutter hatte unrecht, und auch meine Mutter und alle Leute aus meinem Dorf, aber die selige Großmutter Evelina hat ihr Leben lang daran geglaubt, dass es außerhalb dieser Insel nichts mehr gibt, dass die Welt überall gleich ist, selig sind die Bewohner meines Dorfs in ihrer Gewissheit, dort alles zu haben, in dieser kleinen Welt, wo die Welt endet, selig die, die wirklich glauben, dass all das, was außerhalb ist, überflüssig ist, selig die, die zufrieden alt werden auf der Piazzetta gegenüber vom Hafen; ich hätte das nie geschafft, mir geht es hier gut.

Claudio hat seinen Weg nicht gefunden. Und ich fühle mich ein wenig schuldig deshalb, obwohl ich weiß, dass ich es nicht bin, denn keiner ist schuldig an Lebensgeschichten, die nicht gut verlaufen, das Leben ist nun mal so, weder gut noch schlecht, das gilt für alle, auch für unser Leben und das unserer Blutsgeschwister oder Lebensgeschwister, auch für diejenigen, die vom Weg abkommen, einfach so und durch Schicksal, durch Dummheit oder Kurzsichtigkeit, und keiner kann das gut oder schlecht finden. Claudio hatte im Norden in einer Fabrik gearbeitet, in Bergamo oder Treviso, und danach viele Jahre lang in London, er fing so an wie alle: als Tellerwäscher und Kellner, wurde dann Hilfskoch und Koch und Chefkoch, mit der Verantwortung, die man hat, wenn man für Engländer kocht, die in ihre eigene Idee von Italien und der großen Küche vernarrt sind; er stürzte sich in die Epik der Doppelschichten, der Sonderaufträge und der Überstunden, der zehn Arbeitsstunden pro Tag; er magerte ab, bis er nur noch ein Nervenbündel war, er zeichnete sich seine eigene Karte der Stadt mit den Kneipen, wo er seine Ersparnisse auf den Kopf haute und den Pokerhöllen, den schillernden Lokale zu zweihundert Pfund pro Abend und denen, wo er mit Spaniern beim Billard eine Woche Lohn verspielte.

Wir sahen uns ziemlich oft, jedes Mal, wenn ich beruflich oder urlaubshalber unterwegs war, jedes Mal, wenn er ein Wochenende in Italien verbringen wollte, mit der aktuellen Freundin oder dem aktuellen Freund. Er hatte gemerkt, Claudio, wie auch ich, dass man niemals nur ein Schwuler oder eine Schwuchtel ist, dass man sich jenseits der Insel auch die Augen schminken kann, dass im Londoner Nachtleben die Etiketten keinen Sinn haben, die Grenzen verblassen und verschwimmen, dass Unentschiedenheit und Verwirrung Teil unseres Lebens sind und keine mentale Schwäche.

Meinen Onkel habe ich wiedergesehen, auch wenn er streng genommen gar kein Verwandter ist, ich habe vor ein paar Jahren in der Zeitung gesehen, wie er in Handschellen ins

Gericht gebracht wurde. Er ist nicht verwandt mit mir, auch meine Cousine nicht, sie sind es immer noch nicht, nur eine Art Verwandte, dritten Grades, wie alle bei uns im Dorf.

Ich habe gesehen, wie er lächelte, während er ins Gericht gebracht wurde, mit seinem wie gewohnt makellosen, schwarzen Markenjackett, seinem gewitzten Schnurrbart, festgenommen wegen einer Betrugssache, seit eh und je ein Politiker, ein Machtmensch; vielleicht war er gar nicht so reich, wie es mir damals vorkam, aber er war ein Mann, der viel Geld auszugeben hatte, damals, Geld, das ihm nicht wirklich gehörte, der wusste, wo es Geld gab, so habe ich es gehört, so habe ich es mir zusammengereimt, in Jahren, die weit weg waren von der Zeit, in der er manchmal auf die Insel kam.

Er kam davon, meine Großmutter würde sagen, dass die Bösen immer davonkommen, und vielleicht ist mein Onkel ja auch gar nicht böse, aber er hat nie gebetet, und das genügte der Mutter meiner Mutter, aber mir war er nicht unsympathisch, in den Jahren der Poesie, mit seinen süditalienischen Tiraden gegen die Langeweile des Inselfelsens, »Das ist ein Felsen«, rief er aus, »ihr seid Afrikaner, Faulpelze und Nervensägen«, und im Grunde hatte er recht: ein Felsen kurz vor Afrika, auch wenn meine Freunde aus Rom mit offenem Mund staunen, wenn ich sie jetzt im Sommer dorthin mitnehme, wo ich aufgewachsen bin, und gar nicht glauben können, wie schön es dort ist, und mir schwören, dass sie nie, nie fern von diesem Zauber leben könnten.

Er war mir zweifellos sympathisch, dieser Sommeronkel, weil meine Cousine so frei war und weil sie beide so schwitzten auf der roten Erde ihres Tennisplatzes; ein Konzert waren diese Partien: erfüllt von Verwünschungen und Prusten und schwerfälligem Rennen und Schummeln um die Punkte und dummen Sprüchen; er war mir nicht unsympathisch, mein gebetloser Onkel, ich bin froh, dass er davongekommen ist.

Von Pfarrer Polenta und den frommen Reisen, auf die er uns manchmal mitnahm, den vielen Rosenkränzen, die ich mit meiner Großmutter gebetet habe, auf Knien in der ersten Bank, für die Weihnachtsmette und die Fastenzeit und Ostern, die Begräbnisse von Verwandten und die Firmungen von Freunden, von den unzähligen Messen und Prozessionen, von all dem wollte ich mich viele Jahre lang weit weg fühlen, ich war dieser Art des Betens überdrüssig, allzu überdrüssig, dieser Formeln, die wiederholt wurden, ohne ihren Sinn zu erfassen, der Sätze, die ich dennoch nie vergessen werde; nie werden die Lieder des Herrn meinen Kopf verlassen, diese Art von Sakristei-Pop, den man auswendig lernte, ohne es zu merken, der immer da sein wird, unerbittlich einen Winkel deiner Erinnerung besetzend.

Viele Jahre lang störte mich schon die Vorstellung, eine Kirche zu betreten, ich mied die Taufen der Kinder meiner Freunde, bei den Hochzeiten ging ich nur ins Restaurant mit, und niemals fühlte ich mich schuldig deswegen.

Doch so wie die Ankunft des Monats April, wie die Landschaft unserer kleinen Insel, wie das weiche Pizzabrot der Signora Enerina, wie die cremigen Krapfen Ninuccios, so sind die Stille der Kirchen und das Hallen der Schritte im Kirchenschiff, die höhlenartige Stimme der Pfarrer und die Worte des Evangeliums, der Geruch nach Weihrauch und die lateinischen Gesänge, die die Kirchen erfüllen, etwas, was mich immer noch berührt, ich habe das Gefühl, dass ich es immer schon in mir habe und immer haben werde, und ein wenig ärgert es mich, dass etwas, was vor so langer Zeit geschehen ist, mich immer noch verfolgt und beeinflusst, dass man es nicht loswerden kann, den Katechismus und dass man Ministrant war, und dennoch ist es so, ich kann nichts dagegen tun.

Er ist davongekommen, mein Politikeronkel vom Kontinent, nach ein paar Monaten mit Prozessen und Skandalen und Enthüllungen seiner Untergebenen und Kollegen, und sicherlich auch jener Nervensägen und Querulanten, die sich von ihm hatten einladen lassen und mit ihm über seine Geschichten gelacht hatten, und mit ihm *sfogliatelle* und *mozzarelle* gegessen hatten, nachdem ihn alle beschuldigt und im Stich gelassen hatten, und vielleicht auch angeschwärzt und verleugnet, wie es Querulanten und Nervensägen so zu tun pflegen, ein paar Jahre später spielte mein Onkel schon wieder mit, ich habe es gesehen, man hat es mir erzählt.

Und ganz bestimmt weiß ich, dass er nach Fernost gegangen ist, mit Millionen Dollars für Investitionen, das weiß ich, weil die Zeitungen darüber geschrieben haben, Geld von Unternehmern, die nach vielversprechenden Märkten gesucht hatten und nach einem Mann, der bereit war, fern von seiner Familie zu leben, und der ein guter Geschäftsmann war, so stand es in der Zeitung; ich sah meinen Onkel wieder, wie er einem taiwanesischen Minister die Hand drückte, im Wirtschaftsteil der regionalen Nachrichten, jener Region, in der ich jetzt lebe, das Gesicht gewitzt wie immer, gewitzt durch die Millionen der anderen, zu allem bereit, ein fröhlicher Grummler, vielleicht eine Spur melancholischer, ein wenig gebeutelt, aber bereit, neu anzufangen, von Neuem und jetzt erst recht, ganz allein, denn seine Frau hatte ihn verlassen, schrieben die Zeitungen.

Wo meine Tante war, erzählten die Zeitungen nicht, aber ich fand es heraus, eines Tages erzählte es uns eine Cousine meiner Mutter, die manchmal zu Besuch kommt: sie lebt jetzt das ganze Jahr über in der Villa mit dem Tennisplatz und der Loggia mit Meerblick, allein, ohne ihren Ehemann, sie hat beschlossen, dort alt zu werden, allein, die Mutter meiner Cousine Linda, das gleiche Schicksal, nur in umgekehrter Richtung, wie meine Mutter, die ihre letzten Jahre hier bei mir verbringen wird, in einer Stadt, die nicht die ihre ist, die eine hat die Stadt für die Insel verlassen und die andere hat den umgekehrten Weg genommen, eine hat ihren Mann verlassen und die andere ist von ihm verlassen worden, alle beide werden sie allein alt.

Nur der Papst tröstet meine Mutter in diesen Tagen, der Umstand, in derselben Stadt zu leben wie der Heilige Vater, sonntags geht sie zur Peterskirche, um sich aus der Nähe segnen zu lassen, urbi et orbi, meiner Stadt und der ganzen Welt, und sie kann diesen Segen jetzt aus hundert Metern Abstand bekommen, den Segen für ein gutes Leben, und zweifellos fühlt sie sich gestärkt durch diese Nähe und es beruhigt sie, zu wissen, dass der Anführer der Christenheit jeden Abend nach dem Rosenkranz die Augen so nah schließt, dass sie zu Fuß zu ihm gehen könnte, um ihm gute Nacht zu wünschen und einen ruhigen Schlaf.

Schrecklich schlecht schläft meine Mutter in unserer Wohnung, Gott sei Dank versteht sie sich gut mit meiner Frau, auch wenn diese als überzeugte Atheistin über ihr Beten lächelt, aber dennoch ist sie immer freundlich zu ihr, Gott sei Dank verbringen die beiden nicht allzu viel Zeit miteinander, in aller Frühe verlässt Sophie morgens das Haus, und sie, meine Mutter, kann allein in der Wohnung sein und Ordnung machen und Schals und Pullover stricken und kochen, wenn wir abends heimkommen, und ich weiß, dass ihr das guttut, das Gefühl, kein Gast zu sein, uns nützlich zu sein, uns eine Haushaltshilfe zu ersparen, die wir bezahlen müssten; und dennoch schläft sie schlecht, jeden Abend ist ihr Schlaf unruhig, immer, und am Morgen, wenn ich zur Arbeit gehe, ein oder zwei Stunden nach meiner Frau, wenn ich mich von ihr verabschiede, lächelt sie mich müde an, jeden Tag mehr, und ich umarme sie fest und weiß nicht, was ich tun soll, wie ich ihr helfen kann.

Dass mein Vater tot ist, erfuhr ich an einem Septembernachmittag, ich war zweiundzwanzig Jahre alt, ein Matrose von der Fähre sagte es mir, ich verließ die Insel am Ende der Ferien, hatte mit meiner Mutter und meiner Großmutter gestritten, ich wollte nicht, dass sie mich zum Hafen begleiteten, ich weiß nicht mehr, weshalb wir gestritten hatten, aber als der Matrose mir diesen Satz sagte, den ich nie vergessen werde, »Am Ende ist er wirklich gegangen, he?«, ein Satz ohne Erbarmen, ohne Mitleid, ein schrecklicher Satz für jeden Menschen, als sei es wirklich Zeit gewesen, dass er sterbe, dass er diese Welt verlasse, in der er nur Unheil angerichtet hatte; als der Matrose diese Worte zu mir sagte, wurde mir klar, warum meine Frauen zu Hause so nervös gewesen waren: die Nachricht musste auch zu ihnen vorgedrungen sein, der Tod des Verräters, des Ehebrechers, ihres Ruins.

Ich weinte nicht, die Nachricht verstörte mich nicht, ich fragte, woran er gestorben war, an Lungenkrebs; und wo, ob er schon unter der Erde war, ja, seit drei Tagen; und wie er, der Matrose, es erfahren hatte, zufällig, ein Pfleger aus dem Krankenhaus, in dem mein Vater gestorben war, ein Krankenpfleger aus unserem Dorf, arbeitete auf einer anderen Station im selben Krankenhaus; der hatte es von einem Kollegen erfahren, als er jedoch bereits tot war, und hatte es meiner Mutter und meiner Großmutter gesagt, und vermutlich dem restlichen Dorf.

Ich weinte nicht auf der Fähre und war nicht berührt von der Nachricht, mich packte nur ein schreckliches Mitleid mit meiner Mutter, die wieder einmal ohne mich war, und schreckliche Schuldgefühle kamen über mich wegen des dummen Streits mit ihr und meiner Großmutter, ein kindischer Streit.

Ich stellte sie mir in unserem Haus vor, wie sie für den Toten betete, der sie ruiniert hatte, wie sie für den Verräter jenes Schwurs betete, »In guten und in schlechten Zeiten«, wie sie für ihren Ehemann betete, sich seine Qualen vorstellte und seine letzten Tage und seinen Tod, wie sie die Frau beneidete, die im letzten Augenblick seine Hand gehalten hatte.

Als ich in meine Stadt zurückkam, in meine Studentenwohnung, nach noch einem Schiff und noch einem Zug, als ich in meine provisorische Wohnung kam, mein Durchgangszimmer, traf mich plötzlich die Nachricht, als wäre sie erst dort wahr geworden, plötzlich und grundlos: wie ein Schlag auf den Hals, wie ein Blumentopf, der von einem Balkon herunterfällt und dich am Kopf erwischt, während du ahnungslos spazieren gehst, so erwischte mich die Nachricht; mit solcher Verspätung, »Endlich ist er wirklich gegangen«, und ich weinte stundenlang, verzweifelt.

Meine Cousine war rothaarig, und wie viele Witze und obszöne Bemerkungen löste diese Farbe damals aus: »Wer weiß, wie die Roten an anderen Stellen aussehen, wer weiß, wie

Linda im Bett ist, versaut oder total versaut, oder vielleicht lässt sie keinen ran oder vielleicht stehen sie auf Frauen, die Rothaarigen, was meinst du?«; eine Prozession von Bildern, von wilden Träumen, von Positionen und Farben, wie bei Comics oder verbotenen Fotos.

Immer gleich die Fragen und das Gelächter, ohne ihrer je überdrüssig zu werden; man kann es kaum glauben, wenn man an die Jahre zurückdenkt, als wir jung waren: wie wir nie müde wurden, über Schenkel und Ärsche zu sprechen, und uns immer wieder dieselben Geschlechtsakte vorstellten. »Was würdest du mit ihr anstellen?«, fragte jemand, und die anderen fingen an, ihre Vorlieben zu beschreiben, die immer dieselben waren, und mit den immer selben Worten dargestellt wurden: ich durchbohr sie ich reiß ihr den Arsch auf ich lass sie sich hinknien. Und dennoch amüsierten wir uns und ereiferten uns, wir hatten das Gefühl, jedes Mal etwas Neues und Einzigartiges in diesen gemeinsamen Phantasien zu entdecken; keiner hat je etwas mit meiner Cousine gehabt, keiner hat sie je etwas schlucken oder nehmen oder saugen oder lecken lassen, keiner hat sie je geöffnet oder aufgerissen oder durchbohrt, keiner von uns an den Nachmittagen und in den Nächten von damals.

Ich traf meinen Vater sechs Monate, nachdem der Matrose von der Fähre mir gesagt hatte, dass er tot sei, sechs Monate nach meiner einsamen, totalen Verzweiflung, in dem Durchgangszimmer meiner Studentenwohnung.

Mein Vater war gar nicht tot, der Matrose hatte das Gerücht eines Krankenpflegers aufgeschnappt, der wiederum ein Gerücht gehört hatte und so weiter.

Mein Vater lag im Krankenhaus, das stimmte, und er hatte einen Tumor, der unheilbar war, das sagte er mir gleich am Telefon, wer weiß, wer ihm die Nummer gegeben hatte, ich habe nie herausgefunden, von wem er sie sich besorgt hatte; mein Vater hatte einen Tumor, aber er war nicht tot, noch nicht.

Ich traf ihn in einer Bar im Zentrum, auf einer der Touristenmeilen, eine der Straßen, in die ich nie gehe, in einer Bar, die er ausgesucht hatte, weil man dort in einem Hinterzimmer rauchen konnte, wie ich später erfuhr; er war sehr dünn und runzlig und hatte tiefe Augenringe, er trank in seinem grauen Anzug mit einer zu eng gebundenen Krawatte über dem weißen Hemd, »Was willst du?«, fragte ich ihn sofort, während ich mich an den Tisch setzte, ohne dass mir ein anderer Satz einfiel, eine andere Art, ein Gespräch anzufangen, von dem ich wusste, dass es zu spät kam, das Ablaufdatum überschritten hatte, ein Gespräch, nachdem ich bereits seinen Tod beweint hatte, eine Begegnung mit einem Toten, der als begraben gilt und dann doch noch lebt, noch für kurze Zeit.

»Du weißt nichts von mir«, sagte er zu mir, »und ich nichts von dir, und es war nicht leicht, dich anzurufen, und es tut mir weh, es hat mir immer wehgetan, und ich hätte mich nie bei dir gemeldet, wenn ich nicht so wäre, wie ich es jetzt bin, so, wie du mich siehst, tot.«

So begann diese seltsame Begegnung, und es war nicht einmal so, dass ich ihn hasste; er war einfach ein Fremder für mich, dieser Mann, der da vor mir saß, und einen Fremden kann man nur wegen der Gedanken hassen, die man sich über ihn gemacht hat, er aber war nicht der, an den ich so oft gedacht hatte in den Jahren nach seinem Abgang; der war etwas Fernes und Unbekanntes; er war nicht derjenige, den ich jetzt vor mir hatte, und er war nicht der, den ich gehasst hatte; das dachte ich, und während ich ihn ansah und stumm blieb, zündete er sich eine starke Zigarette an, mit einem silbernen Feuerzeug, einem Feuerzeug, das er mir schenken wollte, als wir uns verabschiedeten, das er mir um jeden Preis schenken wollte, ich wollte es nicht annehmen, mit aller Kraft nicht annehmen, verflucht erschien es mir, dieses Ding, dieser Gegenstand, eine Erinnerung an einen Toten, der zu spät mit dir spricht, wenn du ihn schon beerdigt und vergraben hast, ein verdammtes Souvenir von einem Gespenst, er wollte es mir um jeden Preis geben, und ich ließ es an einer Straßenecke zurück, im Hut eines Bettlers, in seinem fettigen Hut, »Verkauf's«, sagte ich dem Penner, »behalt es nicht, verkauf's«, wer weiß, ob er auf mich gehört hat.

Meine Cousine traf ich zufällig in einem Kino im Pigneto, an einem Abend, wie ihn mittellose Studenten verbrachten, »Ich kann es nicht fassen«, »Das gibt es nicht«, »Du bist es wirklich«, fünfundzwanzig war sie jetzt, sie kam gerade aus Berlin zurück, hatte eine Karriere als Schauspielerin angefangen, war schon gelangweilt von ihrer Rückkehr, »In ein paar Monaten fahre ich wieder weg, aber weit weg«, sagte sie zu mir, »ich suche einen Mann, der mit mir geht, und dann fahre ich nach Südamerika, für immer«, sagte sie zu mir, und ich wusste nicht, ob das ein Scherz war oder ein Lebensentwurf.

Unsere Gesichter erzählten von unserer Kindheit, ihres erzählte mir von feuchten, schuldigen Träumen; ich erinnerte sie an sonnige Frühlingstage, als ihr Vater und ihre Mutter noch ein glückliches Paar waren, vor der Verhaftung und dem Fernen Osten; unsere Gesichter waren Zusammenfassungen unserer Jugendzeit. Dort, an jenem Abend, während wir ein pakistanisches Brötchen aßen, entdeckte ich, dass unsere Verwandtschaft entweder erfunden war oder zumindest sinnlos übertrieben, wer weiß warum, Cousins dritten oder vierten Grades, »Was für Cousins eigentlich?«, fragte mich Linda an jenem Abend, »Alle waren Cousins für meine Mutter, das war ihre Vorstellung von einem Dorf: alle waren mit ihr verwandt, alle mochten sie gern.«

An jenem Abend feierten wir unsere wiederentdeckte Nicht-Blutsverwandtschaft, wir ließen uns von den nichtigsten Dingen rühren, unwichtigen Erinnerungen, Spaziergängen und Strandpartys; an jenem Abend erzählte ich ihr von meiner Eifersucht, wenn ich entdeckte, dass sie jemand anderen aus dem Dorf küsste, in den Nächten am Strand mit Lagerfeuer und Gitarren; an jenem Abend fand ich sie wieder und sie gefiel mir immer noch, sie war schöner denn je, rothaarig, intelligent, lustig.

Ich hatte sie wiedergefunden und sie gefiel mir wieder und diesmal, ja, diesmal sind wir miteinander ins Bett gegangen, und lebten unsere unendlichen, langweiligen Phantasien aus der Zeit, als wir zwölf waren, aus, und während wir das taten, dachte ich an die Gelatine in den kurzen Haaren und an die Hemden mit den amerikanischen Aufschriften und an die engen Hosen und die Gummistiefel mit den Metallkappen; und während Linda meinen Rücken mit ihren Händen umfasste und mich weiter in sich hineinschob, während ich aus ihrem Körper glitt, um mit dem Gesicht zwischen ihre Beine zu tauchen, während ich sie schmeckte und sie meinen Kopf mit den Händen hielt, in genau derselben Stellung, die ich einmal bei der Deutschen aus Stuttgart gesehen hatte, in jenem Moment musste ich an meinen Onkel denken, und ich fragte mich, was er wohl sagen würde, wenn er uns so sähe, ich konnte diesen Gedanken nicht mehr verscheuchen: Welches anschauliche Schimpfwort er wohl hervorholen würde, für mich, der ich über das Geschlecht seiner Tochter gebeugt war?, ich dachte an meinen Onkel in Taiwan und fragte mich, was für ein Gesicht er wohl machen würde, mein Onkel, in diesem Moment, und wie er sich wohl mit ihnen unterhielt, mit den Orientalen, die nicht einmal wussten, wo Capri lag oder was eine *sfogliatella* war.

Immer neue Jacketts und Designer-Hemden trug Claudio bei unseren Begegnungen, unsere Lebenswege führten in entgegengesetzte Richtungen, glaube ich, ich versuchte auf meine Art erwachsen zu werden, ich kam mit wenig Geld aus, mit meinen Büchern und meinen schlecht gekleideten, bärtigen Freunden, ich wurde groß bei Abendessen aus Pasta mit Thunfisch und Spaghetti mit Butter, endlosen, sinnlosen Diskussionen über Politik und Poesie, Kino am Nachmittag und billigem Wein, glücklich, am Ende des Tages meine Freunde zu treffen, immer dieselben, die auf dem Sofa saßen und sich Reisen ausdachten, ohne wirkliche Lust, sie tatsächlich zu machen, glücklich über die Stadt, die mich so problemlos aufgenommen hatte; damit endete meine Flucht, wenn wir so wollen, meine endgültige, glückliche Loslösung von der Insel, und als ich dann das Bedürfnis nach einem Zuhause verspürte, nach einer ruhigen, beständigen Liebe, als mein Bedürfnis nach so einem Leben stärker wurde, nach Kindern, die man ins Bett bringen musste, mit einem ausgedachten Märchen, das man auf immer dieselbe Weise erzählen musste, dann hätte ich nie an einen anderen Ort gedacht als diesen, die Stadt, die jetzt die meine geworden ist, so wie es früher jenes Land aus Meer und Thunfisch gewesen war.

Claudio hingegen war in jenen Jahren des Studiums und der großen Reden auf schnelle Autos und schicke Hemden aus, und er rannte doppelt so schnell wie ich, wie immer, und schien trotzdem nirgendwo anzukommen, ein rastlos Rasender.

Über meinen Freund hörte ich irgendwann Gerüchte, ich, der ich allergisch bin gegen das, was die Leute sagen, nachdem ich selbst erfahren musste, wie gemein und absurd das Gerede der Leute ist; über Claudio hieß es, dass er so viel verdiente und ausgab wie ein Staranwalt, dass er ein gefragter Koch geworden war, ein Meister des Herds, der Karten spielte und gewann, der auf Rennpferde setzte und verlor, der eine Wohnung in London gekauft und sie dann an einem Abend beim Pokern wieder verspielt hatte.

Mit Gewissheit weiß ich, dass mein Freund sich einmal in eine Argentinierin verliebt hat, die ich ihm vorgestellt hatte; mein Freund Claudio lebte rasant, seine Beziehungen waren schwierig und wir beide wurden uns immer unähnlicher, wie unser Leben: »Ich gebe dem Leben keinen Rabatt«, sagte Claudio in den langen Nächten vor seinem Whisky und meinen Bierflaschen, »ich gebe ihm keinen Rabatt, weil das Leben mir auch keinen gibt«, und das sagte er mit der Miene eines absolut hartgesottenen Kerls und glaubte es auch; er lebte mit der Argentinierin zusammen an der Côte d'Azur, und ich glaube, dass es gut war, er schaffte es tatsächlich, jeden Abend in Lokalen Gitarre zu spielen, mit einer Band, die er in wenigen Tagen zusammengetrommelt hatte, und tagsüber als Koch zu arbeiten, und mit ihr zusammen zu sein und Ausflüge mit ihr zu machen und sie zu unterhalten.

Claudio hat immer schon gekifft, seit wir zwölf waren, und er fand immer das beste Gras, wo auch immer er war, und verkaufte immer einen Teil seines besten Grases: Claudio nahm auch andere Drogen, viele, was an der Côte d'Azur passiert ist, weiß ich nicht.

Maria Rosaria, so hieß die Argentinierin, hatte ursprünglich ich kennengelernt, in einer spanischen Buchhandlung an der Piazza Navona, wir waren dort, um das gleiche Buch zu kaufen, wir merkten es an der Kasse und lachten über den Zufall, fingen an, uns zu unterhalten, ich lud sie zum Essen ein, zu mir nach Hause, und dort haben sie sich kennengelernt und einander gefallen, und dann haben sie sich in London wiedergesehen, wo sie zum Studium hingegangen war.

Ein paar Monate später rief sie mich einmal an, Maria Rosaria, mitten in der Nacht, und sagte »Sie wollen uns umbringen«, und ich verstand nicht, wer, ihre Stimme klang erregt und gebrochen, »sie werden uns umbringen«, sagte sie zu mir, »verflucht bist du und dein verfluchter Freund, malditos«, sagte sie zu mir, »muy malditos, sie werden uns umbringen«, dann legte sie auf und ich hatte keine Nummer, die ich zurückrufen konnte, ich kannte ihre Adresse nicht und ihre Telefonnummern, ich wusste nicht einmal genau, in welcher Stadt sie waren.

Und drei Monate später weckte mich wieder ein Klingeln aus dem Schlaf und diesmal war es Claudio, und er sagte nur zu mir: »Hol mich hier ab«, und sagte den Namen einer maghrebinischen Stadt und ich fuhr hin, am nächsten Tag, wie in einem Film, den wir zusammen gesehen hatten, als wir noch auf der Insel lebten, genau diese Szene gab es in einem Film, den wir sehr geliebt hatten, der uns prophezeit hatte, dass wir auf jeden Fall abhauen würden, und dass es zwar nicht schwierig sein würde, aber auch nicht ohne die Risiken, die jede Freiheit mit sich bringt, und das sind nicht wenige.

Ich stieg ins Flugzeug und flog in das Land und mietete ein Auto und fuhr zu einem Gefängnis, das furchterregend aussah, und mein Freund wartete vor dem Tor auf mich, schmutzig und kaputt und verprügelt, »Frag mich nichts, denn ich werde dir nie etwas sagen, nie«, und ich sagte nichts, ich brachte ihn nach Italien zurück und wir bewahrten absolutes Schweigen, die ganze Reise hindurch, und ich habe nie erfahren, was er dort getan hat, noch, wo seine Argentinierin geblieben war, Maria Rosaria, so hieß sie.

Sie läuft wie verloren durch die kleinen Räume dieser Wohnung, meine Mutter, und betrachtet die Sonne, die hinter der Kirche aus dem siebzehnten Jahrhundert untergeht, und lauscht den Kirchenglocken, die zur Vesper läuten, und geht jeden Tag zur Messe, am Nachmittag, und morgens einkaufen am Markt unseres Viertels, danach kocht sie dann für sich allein, wir kommen nie heim zum Mittagessen, meine Frau und ich, und die Kinder sind bis zum Spätnachmittag in der Schule; sie läuft wie verloren durch diese Wohnung, die nicht die ihre ist, meine Mutter, sie betet für die Seele ihrer Mutter Evelina, die sie verlassen und diesem Schicksal im Exil ausgesetzt hat, und ich weiß, wie sehr ihr die Entfernung zusetzt, ihre abgeschlossene Welt, dieses neue Leben als Städterin, die sie nie war; wir leben im vierten Stock, ich und meine Familie, und sie hätte es vorgezogen, Ziegen zu hüten, statt in einer Stadtwohnung zu leben, sie sieht mich an und will mir sagen »Bring mich heim«, aber sie sagt es nicht.

Und ich sehe sie an und schwöre mir, dass ich sie oft auf ihre Insel bringen werde, für ein paar Tage, wann immer ich kann, dass ich sie nie wie eine alte Frau behandeln werde, die man ertragen muss, und ihre Wünsche nie wie Launen; ich sehe sie an und schwöre mir, dass ich es ihr eines Tages sagen werde, dass ich meinen Vater getroffen habe und dass ich es nicht geschafft habe, ihn irgendetwas zu fragen, wie sie es hundert Mal in den Briefen getan hat, die sie nicht abgeschickt hat und die ich heimlich gelesen habe; sie läuft wie verloren durch diese Stadt der Pilger und Nonnen, meine Mutter, allein in ihrem Leben, nur ich bin ihr geblieben, und meine Kinder, und eine französische Schwiegertochter, die sie gernhat, und die Gebete und die Messe am Nachmittag, wer weiß, was unser Pfarrer, der kein Pfarrer mehr ist, ihr hätte geben können, ich sehe sie an und spüre, dass ich sie liebe, wie es mir nie mit irgendeiner anderen Frau passieren wird; das ist vielleicht die natürlichste und banalste Sache der Welt, die ich erst vor Kurzem kapiert habe: zu sehr war ich als Junge bemüht, nicht an sie zu denken, an meine Großmutter und ihren Protest für mein Weggehen, zu wütend war ich auf sie, weil sie auf die Flucht des Verdammten, ihres geliebten Verräters nicht reagiert hatte; zu sehr versuchte ich mich, von ihrer Schwere zu befreien, indem ich nicht an sie dachte, mich nicht um ihr Urteil und ihre Überlegungen scherte; zu wenig habe ich mit ihr gesprochen, viele Jahre lang, als dass ich wirklich hätte verstehen können, was mir jetzt vollkommen klar ist: Ich liebe sie, wie ich nie wieder eine Frau lieben werde, meine große Freundin, meine kleine, einsame Mutter.

Es gibt leichte Fragen, die man einfach nicht stellen kann, oder im falschen Moment stellt, zu früh oder zu spät, »Warum hast du mich verlassen?«, fragt der verliebte Mann die Frau, die soeben gegangen ist; eine dumme Frage, man kann nie in einem Satz zusammenfassen, was alles nicht funktioniert hat, und dieser Mann wird am Abend weinen und daran denken, wie elend er dastand, als er fragte, was man nicht fragen kann und darf; »Warum haben wir uns so wehgetan?«, fragte die betrogene und untreue Frau den Mann, der eine große Liebe für sie gewesen war, vor langer Zeit, und nicht einmal das kann man fragen, denn man kann das nicht wirklich aufrechnen, die Gemeinheiten und die Wunden, das sind Rechnungen, die niemals aufgehen, nicht einmal nach Jahrzehnten voller Fragen an einen selbst, nach Aufrichtigkeit, die man zumindest mit dem eigenen Gewissen sucht; »Warum hast du das getan?«, habe ich meinen Vater dort an dem Caféhaustisch gefragt, und noch während ich das sagte, fragte ich mich selbst, woher ich den Mut zu diesen Worten nahm, die Logik für diese Fragen, die meine ganze Jugend gekennzeichnet hatte, »Weil ich nicht mit ihr zusammenbleiben konnte«. Sagte er, ich glaube mit der ganzen Aufrichtigkeit, die man in gewissen Momenten verspürt, den letzten vor allem, wenn man zwar immer noch lügen könnte, aber die Gemeinheit des Lügens deutlicher erkennt.

Ich glaube, dass er sich immer noch verteidigen wollte, mein Vater, und dass er deshalb lügen konnte, aber dass dann doch die Angst überwog, mich noch einmal schäbig zu behandeln, mich, der nie etwas von ihm bekommen hatte, außer dem reflektierten Kummer, der von dem Leid herrührte, das er der Verlassenen, der Betrogenen zugefügt hatte; er hatte es getan, so sagte er zu mir, weil ihre Liebe so anders war als die seine, »Eine Liebe aus Herz und Verstand«, diese Worte verwendete er, und ich werde sie immer in Erinnerung bewahren, ich werde sie nicht vergessen können; seine Liebe hingegen, die meines Vaters, bestand auch aus Körper, sehr viel Körper: er hatte es getan, weil ihm die Frauen gefielen, immer schon gefallen hatten, wenn nicht gar alle, so doch viele, »Ich liebe die Eroberung«, so sagte er, und er liebte auch die Begegnung davor, die Neugier: mit ihnen zu scherzen und zu versuchen, sie mit seinen Worten zu unterhalten, und den Moment, in dem du versuchst, sie zu küssen, und du weißt nicht, ob sie es wollen, und das erste Mal, wenn du den Duft des Haares einer Frau riechst, und die Wärme ihrer Hände und ihrer Lippen, und ihm gefiel meine Mutter, so sagte er, sie hatte ihm sehr gefallen, außerordentlich, »Und ich kann nicht einmal sagen, dass sie mir nicht genügte«, das konnte er nicht sagen, das wäre ein dummer Gedanke gewesen, er hätte bei ihr bleiben können, er hätte es tun können, »Aber ich habe es nun einmal nicht getan, ich habe es nicht getan, und ich kann dir nicht sagen, warum, mein Sohn, das kann ich nicht, und vielleicht weiß ich es auch nicht, werde es nie wissen«, er sagte mir, dass es nicht viele waren, die Frauen, die er in seinem Leben geliebt hatte, aber mehr als eine schon, eine einzige konnte nicht sein, er sagte mir, dass er einige dieser Frauen geliebt hatte, während er noch meine Mutter liebte, seine Frau, die Verlassene, die Betrogene, während er noch die Vorstellung von ihr, der Verlassenen, in sich trug, »Was kann ich dir noch sagen, mein Sohn?, nichts, nichts anderes kann ich dir sagen, nichts.«

Claudio ist auf die kleine Insel zurückgekehrt, geht jeden Morgen am Strand laufen und fährt manchmal zum Fischen mit dem Boot hinaus; wir sprechen nicht viel, ich und Claudio, er ist auf seinen Felsen zurückgekehrt und in unsere Zeit und hat eine kleine, saubere Trattoria aufgemacht und sagt zu mir, dass es ihm gut geht, dass es so besser ist, dass er dort ist, wo ihm alles leichtfällt und er alles kennt; und manchmal fährt er in die Stadt, in die mich mein Vater und meine Mutter früher mitnahmen, um einzukaufen und Verwandte zu besuchen; manchmal fährt er in die Stadt und kauft Gras, glaube ich, und er kocht jeden Abend für seine Gäste und es heißt, er mache seine Sache gut und habe ein wenig zugenommen und vielleicht hat er auch eine Frau, die ihn liebt; Claudio ist mein Bruder, wir sind zusammen groß geworden und werden immer Brüder sein; »Lebe leicht,

Claudio«, möchte ich ihm am Telefon sagen, wenn er mich anruft, ich sage nichts, »Ich hab dich gern«, möchte ich ihm sagen, das sind Dinge, die man nicht sagt.

Ich weiß nicht, wie es denjenigen geht, die ihren Vater immer um sich haben, Tag für Tag, und jederzeit mit ihm abrechnen können, mit seinem Bild und seiner Rolle, mit seinem guten oder schlechten Beispiel, ich weiß nicht, was es bedeutet, zu merken, wie sehr der eigene Vater einen geprägt hat oder noch prägt, an sich selbst etwas von ihm zu entdecken, nach und nach, was einem selbst nie gefallen hat oder was man gar nicht bemerkt hatte, bis jemand sagt: »Du redest wie dein Vater«, oder, noch schlimmer, »Du bewegst dich wie er«, und dabei warst du sicher, dass deine Ideen das Gegenteil von seinen sind und du dir immer größte Mühe gegeben hast, diesen Unterschied zu betonen.

Ich weiß es nicht, mir ist das nicht passiert; ein einziges Mal, jenes Mal, konnte ich ihn begutachten, seine Art, seine Meinungen, und mit einem großen Kraftakt weit zurückliegende Erinnerungen hervorholen, die womöglich immer in meiner Nähe gewesen waren, auch wenn ich es gar nicht wollte. Vielleicht waren das Bilder von ihm, wie er meine Italienisch-Lehrerin bei der Elternsprechstunde zum Lachen brachte, oder die Touristin, die ihn nach einer Auskunft fragte, oder die Verkäuferin im Supermarkt in der Stadt, vielleicht hatte ich diese Szenen ja die ganze Zeit parat, auch wenn ich glaubte, sie vergessen zu haben.

Als er vom Tisch aufstand, in dieser Bar im Zentrum, wo ich sonst niemals hingehe, als er aufstand und bei dem Mädchen am Tresen einen ausgepressten Orangensaft bestellte, und es schaffte, sie mit zwei Worten zum Lachen zu bringen und sie zu fragen, wie sie hieß, und die beiden anfingen, über die Hitze zu reden und über die Touristen, da waren all diese Worte und Bilder plötzlich wie Fotos, jede seiner Bewegungen, jeder seiner Ausdrücke, jede Bewegung und jeder Ausdruck des Mädchens, und ich erkannte mich wieder in ihnen, und ich musste mich fragen, wie es möglich war, und ob es tatsächlich sein konnte, dass ich diesem Mann ähnelte, einem Mann, den ich doch niemals wirklich kennengelernt hatte, und den ich für tot gehalten hatte, und ob ich Spuren von ihm mitnehmen würde: etwas von seiner Art, die Hände zu bewegen oder sie in den Hosentaschen zu lassen, den Frauen zuzulächeln und sie schön und begehrenswert zu finden, sie erröten zu lassen und sie zu lieben und ihnen wehzutun.

Es ist mir passiert, dass ich die Frauen, die ich liebte, betrogen habe, und von ihnen betrogen wurde, auch die, die ich jetzt liebe und mit der ich Kinder habe, ich habe sie mit einer Kollegin betrogen, auf einer Dienstreise, in einem Hotelzimmer, in dem ich mich allein hätte langweilen sollen, meine Frau weit weg und auf meine Rückkehr wartend; ich habe sie betrogen, und nicht nur sie, und jedes Mal fühlte ich mich schuldig und konnte doch nicht anders.

Ich habe viele Kellnerinnen zum Lachen gebracht und Kolleginnen und fremde Mütter auf einer Piazza, wo meine Kinder spielten; ich habe meinem Vater nichts gesagt von meinen Seitensprüngen und meinen Schuldgefühlen und ich habe ihn nicht nach seinen gefragt, ob er denn welche gehabt hatte und wie groß und schlimm sie gewesen waren, »Papà«, hatte ich noch die Kraft, ihn zu fragen, während er mit dem Orangensaft zum Tisch zurückkam, ein knochiges Gespenst einer Vergangenheit, die es nicht gab, eines Vaters, den ich nicht gehabt hatte, »Papà«, und nichts weiter, und er lächelte, einen Moment lang, dann fing er an zu weinen, ohne ein Wort zu sagen, während er meine Hand hielt und zitterte, und auch ich weinte, wir umarmten uns nicht, ich sagte nicht »Alles ist gut, ich verstehe dich und verzeihe dir«, das brachte ich nicht über mich, wir sagten nichts weiter, er schenkte mir sein Feuerzeug, obwohl ich es nicht wollte, und wir verließen die Bar und gingen auseinander, getrennte Wege, und dieser Nachmittag war im April, ein schrecklicher Monat.

Islington

»Hey«, sagte er, »Hey«, sagte sie, »Wie lange«, sagten beide zugleich, umarmten sich und küssten sich auf die Wangen, sie wiederholten noch ein paar Mal, was für eine wunderbare Überraschung das war und dass wirklich sehr viel Zeit vergangen ist.

Die Frau stellte den Mann neben sich vor: groß, schlank, elegant. »Robert, mein Mann«, sagte sie, und dann sah sie ihrem alten Freund in die Augen und sagte »das ist Tom«, aber sie verbesserte sich sofort »ich meine, das ist Tom Rosenthal, der beste Choreograph Englands und der erste Mensch, den ich in dieser Stadt kennengelernt habe.«

»Freut mich, dich kennenzulernen«, sagten die beiden Männer gleichzeitig, und gaben sich die Hand. Dann stellte Tom, der Choreograph, den Jungen neben sich vor, »Elias«, sagte er, »die größte Verheißung der Tanzszene in England. Er ist auch Italiener«, sagte er und lächelte seiner alten Freundin zu.

Die Hände wurden noch einmal geschüttelt, dann entfernten sich der junge Tänzer und der Ehemann der Frau, der eine in Richtung Bar, um sich einen Drink zu holen, der andere Richtung Eingang, um mit dem Handy zu telefonieren.

Sie blieben allein zurück, die Frau und ihr alter Freund,

die Frau und der berühmte Choreograph, die sich nach vielen Jahren gerade wiedergefunden hatten, sie lächelten sich an und sahen sich dabei in die Augen, wollten etwas sagen, auf das sie nicht kamen.

Es war die Premiere eines wichtigen Stücks, es waren Photographen da und Journalisten, Leute vom Theater und vom Film, Musiker, und ein paar Politiker, es war das neue Werk einer Regisseurin, die in dieser Stadt sehr geschätzt wurde, sowohl vom Publikum als auch von der Kritik.

»Du siehst wunderschön aus«, sagte Tom, »ich freue mich so, wirklich, ich wusste gar nicht, dass du noch hier bist, ich dachte, du wärest zurückgegangen, ich weiß nicht, in deine Heimat.«

»Das hatte ich auch vor«, sagte sie, »stattdessen, na ja, habe ich geheiratet.«

»Vor einem Jahr«, fügte sie hinzu.

»Du bist in die Falle gegangen«, sagte er, und lachte, »ich gratuliere.«

»Er ist Journalist«, sagte die Frau, und sah einen Augenblick lang zu ihrem Mann hinüber, zehn Jahre älter als sie, ein schöner brauner Mantel, handgenähte Maßschuhe, ein spitzes, schlaues Gesicht, die roten Haare kurz geschnitten.

»Ich kenne ihn«, sagte Tom, »ich lese seine Kolumne manchmal.«

»Ich, na ja …«, sagte die Frau mit leiser Stimme, während sie errötete, »ich bin auch schwanger«, sagte sie, »erst im zweiten Monat allerdings, sag es nicht weiter«, und sie lächelte noch mehr, die Röte war jetzt verschwunden, sie sah vollkommen glücklich aus.

»Oh mein Gott«, sagte der Mann, »oh mein Gott«, und umarmte sie fest, ein paar Sekunden lang, und auch sie presste ihren Körper an seinen, sie umschlangen sich ganz fest, vor allen Leuten, mitten in dem großen Saal in der Rosebery Avenue, in dem Stadtteil, in dem sie zusammengelebt hatten, vor vielen Jahren, und als sie von der Umarmung abließen, sahen sie sich weiterhin in die Augen und lächelten einander an.

»Bist du immer noch Photographin?«, fragte Tom sie, und rückte sein Hemd und sein Jackett zurecht.

»Nein«, sagte sie, »das heißt, ich mache das schon noch, aber für mich selbst. Wie man so sagt, aus Leidenschaft. Ich arbeite in einer Kanzlei in der City, ein blöder Job wie jeder andere, wie wir früher gesagt hätten. Und du? Ich lese manchmal über dich, du bist immer noch in Form, du bist der Beste.«

»Nein«, sagte der Mann, »ich bin nicht der Beste, aber ich schaffe es immer noch, so zu tun, als ob.«

»Und der Junge?«, die Frau zeigte zur Bar hinüber, wo eine Schlange von Leuten auf die Getränke wartete, »mein Landsmann, was ist er, Arbeit oder Liebe?«

Der Mann antwortete nicht, er zuckte die Schultern, als wollte er sagen: »Wen schert's, was hat das schon für eine Bedeutung?«

»Ich freue mich so, dich getroffen zu haben«, sagte er, »es sind fünf Jahre, dass wir uns nicht mehr sehen, und das letzte Mal haben wir uns nicht einmal gegrüßt.«

»Ehrlich gesagt«, sagte er, »war mir damals gar nicht klar gewesen, dass es ein Abschied war.«

»Mir auch nicht«, sagte die Frau, und dachte, das so was vorkam, dass es öfter vorkam, dass man einen Ort oder einen Menschen für ein paar Tage verlässt, um nachzudenken, um Klarheit zu gewinnen, und dann nicht mehr zurückgeht, sondern woanders etwas Neues aufbaut, aber sie sagte es nicht. Sie dachte, dass er das wusste, dass er sehr wohl wusste, dass es so war, und sie sagte nichts.

»Du musst mir unbedingt deine Telefonnummer geben«, sagte Tom, »wir müssen zusammen essen gehen, uns wiedersehen, ich meine: fünf Jahre.«

»Warte«, sagte sie, während sie ihre Tasche öffnete und eine Karte aus einer beigen Brieftasche nahm, »Da«, sagte sie, »das ist meine, schreib mir deine hier drauf«, und sie gab ihm einen Stift und ein Notizbuch, der Mann schrieb seinen Namen und seine Telefonnummer auf, und während die Frau alles wieder in der Tasche verstaute, sah sie ihren Mann, der zu Ende telefoniert hatte, das Handy in die Manteltasche stecken und wieder zu ihnen kommen, mit einem Lächeln.

»Ruf mich an, wir müssen uns treffen«, sagte sie und stellte sich auf die Zehenspitzen, um ihm ein Küsschen unterhalb des Ohres zu geben, »Heute Abend noch«, flüsterte sie, »wenn es dir recht ist, gleich nach der Vorstellung, wann du willst«, sagte sie, dann drehte sie sich um, drückte den Arm ihres Mannes und zog ihn in Richtung des wartenden Publikums.

Der Mann sah ihnen nach, allein dastehend, mit einer Visitenkarte in der Hand und halb geschlossenen Augen, »Elena«, sagte er halblaut zu sich selbst, »E-le-na«, er gab sich Mühe, damit es italienisch klang, italienisch wie ihr Name war und wie es auch das Mädchen selbst war, aber es gelang ihm nicht wirklich gut.

Sechzehn Monate lang hatten sie zusammengelebt und sich heftig geliebt und gehasst, und er hatte ihr seine Stadt gezeigt und sie in seine Welt aus Tänzern, Musikern, Malern, Produzenten, Mäzenaten und Scharlatanen eingeführt.

Eines Abends in einem Pub, der nicht weit von dem Theater entfernt war, waren sie auseinandergegangen, und nach jenem Abend, jenem Streit, hatten sie mit einem Schlag nichts mehr voneinander wissen wollen, hatten einander nicht mehr angerufen, sehen wollen, nichts, einfach nichts.

Der Mann blickte weiterhin auf ihren Rücken, in der Hoffnung, sie drehe sich einen Moment lang um, um seine Augen zu suchen, aber sie tat es nicht. »Elena«, sagte er noch einmal, und ging zu Elias, der am Tresen auf ihn wartete.

»Wer war das?«, wollte der sofort wissen, mit einem halben Lächeln, ein Glas Wein in der Hand.

»Eine Freundin von früher«, antwortete Tom, »eine sehr liebe Freundin, die jetzt geheiratet hat.«

»Der Mann sieht aus wie der Journalist einer absurden Zeitschrift«, sagte der Tänzer und verstummte dann, um in seinem Kopf nach dem Namen zu suchen. »Eine dieser idiotischen Klatschzeitschriften, wie heißt sie noch mal?«

»Gehen wir«, sagte Tom, Elias trank den Wein in zwei Schlucken aus, sie verließen die Bar, zeigten am Einlass ihre Eintrittskarten und bahnten sich den Weg zu ihren Plätzen.

Als er sein Handy herausholte, um es auszuschalten, sah der Mann, dass er eine SMS bekommen hatte, auf die er sofort mit einer Uhrzeit und einer Adresse und einem Kuss zum Abschluss antwortete, »Elena«, sagte er noch einmal ganz leise.

»Tja, was soll ich sagen, ich hatte keine Lust, mich weiter aushalten zu lassen«, sagte die Frau, und während sie das sagte, lächelte sie wieder und der Mann war bezaubert von ihrem Lächeln, von den Erinnerungen, die dieses Lächeln mit sich brachte.

»Du hast dich nie aushalten lassen, rede kein dummes Zeug.«

»Du hast mich ausgehalten.«

»Das ist nicht wahr, ich habe die Miete bezahlt und eingekauft, das ist alles, aber das war doch normal, du warst noch so jung. Du bist immer noch so jung, mein Gott, und dabei hast du bald selbst ein Kind.«

Die Frau legte eine Hand auf ihren Bauch, als bräuchte sie eine Bestätigung nach diesen Worten, »Bist du noch da?«, schien sie das zukünftige Kind mit einem Streicheln zu fragen.

Sie lagen auf einer japanischen Matratze, auf einem Hochbett aus hellem Holz, um sie herum eine Lampe, eine Stereoanlage, Wein und Zigaretten.

Tom betrachtete den Bauchnabel der Frau, ihre Beine, ihre Füße, ein paar Minuten lang sagten sie gar nichts, hörten nur auf ihre Atemzüge und auf den Verkehr, aus der

Anlage ertönte das Klavier eines französischen Jazzpianisten, das die Atmosphäre eines nächtlichen Karussells verbreitete.

»Hör zu«, sagte der Mann irgendwann, »du kennst mich, ich kann mich nicht verstellen, ich meine, dein Mann ...«

Elena unterbrach ihn, »Ich weiß, dass er Mist schreibt«, sagte sie, »er schreibt Gemeinheiten, Lügen, Mist, er schreibt schlecht, er schreibt wahnsinnig schlecht, nichts von dem, was er schreibt, ist wahr, er recycelt die Meinungen von anderen, er verhökert Gemeinplätze, und so weiter und so weiter und so weiter«, sie sagte diese Worte wie eine Litanei, als wiederhole sie diesen Monolog gerade zum hundertsten Mal, »ich meine, ich weiß, dass es so ist und dass man das von ihm sagt, ich weiß, dass die meisten ihn nicht leiden können, nicht ausstehen können. Aber mir geht es nicht so«, sagte sie und lächelte, »mich bringt er zum Lachen, ich meine, wir haben eine Menge Spaß, ich und er zusammen, und er wollte ein Kind von mir und auch ich wollte ein Kind von ihm.«

»Von ihm?«, sagte der Mann und bereute seine Frage sofort.

»Und du«, sagte Elena, ohne zu antworten, »wie steht es mit dir zur Zeit? Ich meine, bist du in festen Händen, verwirrt, verliebt oder was?«

»Schwul«, sagte Tom, »ich bin glücklich und schwul«, sagte er, »Finocchio«, sagte er auf Italienisch, sie lächelte über seine Aussprache.

»Total gay. Nachdem du weggegangen bist, war ich ein

überzeugter Bisexueller, dann ein zweifelnder Bisexueller, dann drei Wochen lang mit einem wunderschönen, stockdummen chilenischen Model ein stolzer Heterosexueller. Danach war ich nur noch schwul, den ganzen Tag schwul, vollzeitschwul, Schluss mit dem Vertuschen, Schluss mit den Zweifeln, Gott beschütze los maricones«, sagte er, nahm sein Glas und prostete in die Luft, allein.

»Aber der Typ, der mit im Theater war, dieser bildschöne Italiener, ich meine, arbeitet der für dich oder seid ihr zusammen?«

»Er ist in der Kompanie und wir sind zusammen«, antwortete Tom, »beides. Er ist jung, schön und nicht dumm, er hat eine Menge Probleme mit seinem Vater, glaube ich, er will Karriere machen und ist vielleicht der Meinung, dass es so besser geht oder schneller.«

»Wie traurig.«

»Das Schlimmste ist, dass er es nicht schaffen wird. Nicht auf diese Weise jedenfalls, du ahnst ja nicht, wie wenig ich ihm helfen kann und will, nur weil er mit mir ins Bett geht, du ahnst nicht, wie allergisch ich gegen so was bin. Ich meine, ich habe das von Anfang an klargestellt, aber das nützt nichts: Er schwört, dass er in mich verliebt ist, und ich tue so, als würde ich ihm glauben, mitunter glaube ich tatsächlich daran, so wie du glaubst, deinen Mann zu lieben, nehme ich an«, er brach den Satz ab und beobachtete das Gesicht der Frau, die die Augen geschlossen hielt und keine Miene verzog, sie eine Weile lang nicht mehr öffnete und nichts mehr sagte, dann hörten sie wieder auf den Verkehr und die Jazzklänge.

»Es ist schön hier«, sagte sie, immer noch mit geschlossenen Augen, »bist du hier zur Miete?«

Es war ein großer Raum mit hohen Spiegeln, vielen Büchern, gerahmten Fotos von den Aufführungen des Mannes, ein paar Sportgeräten, dem Hochbett mit Parkett, auf dem sie saßen: die Matratze, die gedämpfte Lampe und die Stereoanlage.

»Ich habe es gekauft«, sagte der Choreograph, »um manchmal allein sein zu können, nachzudenken, zu schreiben, einfach so, ohne dass mich jemand dabei stört.«

»Früher war das eine Buchhandlung«, sagte er, »die letzte unabhängige Buchhandlung des Viertels, ich weiß nicht, ob du dich daran erinnerst. Ich kam oft hierher, um Fotobücher auszusuchen, um mit dem Buchhändler zu plaudern. Es war eine schöne, unabhängige Buchhandlung, die letzte in dieser Gegend, und jetzt gibt es sie nicht mehr.

Der Stadtteil hat sich verändert, weißt du?, seit du hier bei mir gewohnt hast. Er ist jetzt noch in, schrecklich in. Alle sind jung und gebildet. Ich weiß nicht, wo die Armen stecken, wo sie sie versteckt haben. Ich bin sicher, dass es sie noch gibt, denn ich sehe sie im Supermarkt: minderjährige Mütter, afrikanische Immigrantinnen, alkoholisierte Hausfrauen. Es gibt sie, die Armen, aber ich weiß nicht, wo sie sie hingetan haben. Weiter nördlich, vermute ich. Dieser Norden ist noch zu nah am Stadtzentrum für die Armen. Die ganze Stadt hat sich verändert, sie verändert sich rasant, immer schneller, scheint mir. In dieser Stadt wird alles entweder in oder es verschwindet.«

»Es stimmt, dass ich ihn nicht liebe«, sagte Elena, wobei

sie ihn unterbrach, aber vielleicht hatte sie ihm gar nicht zugehört, so bemüht war sie, einer Argumentation zu folgen, die irgendwie zu diesem Satz geführt hatte.

»Oder dass ich ihn jedenfalls nicht, na ja, leidenschaftlich und glühend liebe und so. Aber ich bin gern mit ihm zusammen, ich habe Spaß, er hat sowieso immer Spaß, und dadurch geht es mir gut.

Er ist, wie soll ich sagen, so töricht, dass er immer unglaublich optimistisch ist, bei allem. Sein Job ist widerlich, aber ihm gefällt er, und er ist überzeugt, ihn gut zu machen, zumindest glaube ich, dass er das ist, ich meine, er benimmt sich so, als wäre er es. Wie auch immer, mich interessiert das alles nicht, es ist nur so, dass ich traurig bin, ich meine, nicht wirklich traurig, eher melancholisch, ich weiß nicht, von meiner Art her, ich weiß nicht, wie ich es erklären soll, du verstehst mich doch, oder?

Und er schenkt mir Frieden, wenn ich das so sagen kann, ich finde meinen Frieden bei ihm, und ich habe ihn gern, und vor allem wollte ich ein Kind, das will ich seit langer Zeit, und im Grunde bin ich ganz zufrieden, dass es von ihm ist.«

»Ich verstehe dich«, sagte der Mann und nickte, »Kinder sind der Fluch der Welt, nicht so sehr die Kinder selbst wie der Wunsch nach Kindern, das Bedürfnis nach Kindern, die Freude, von Kindern zu träumen, sie zu planen, zu idealisieren, ich meine, Fluch und Segen, das, was uns weitermachen lässt, die immerwährende Illusion eines Lebens, das weitergeht und uns für ein paar weitere Jahre unsterblich macht.

Ich meine, verdammt, das geht sogar mir so, kannst du dir das vorstellen? Ich überlege mir, wie es wäre, mit meinem Sohn zu streiten, ihm Dinge zu verbieten, die er sowieso tun wird, ihm Bücher zu empfehlen, die er nicht lesen wird. Mir kommen die banalsten Ideen der Welt in den Sinn, ich kann nichts dagegen tun, es ist stärker als meine Antikörper gegen die Normalität eines Intellektuellen der Siebzigerjahre: ich denke, dass ich eine wunderschöne Wohnung habe und ein Coupé und dieses Apartment, und dass ich nie gehofft hatte, einmal so viel zu besitzen und so viel tun zu können, und dass das alles verschwinden wird, wie meine Arbeit, wenn ich nicht mehr da bin, um für mich und sie einzustehen, wird es keiner für mich tun, alles wird davonfliegen, für immer verschwinden.«

»Nein«, sagte die Frau, »du bist ein Künstler, was du geschaffen hast, wird bleiben, sie werden deine Stücke weiter aufführen, ich meine, das ist nicht dasselbe«, sie griff noch einmal nach der Weinflasche, und dieses Mal füllte sie die Gläser, eines für sich und eines für ihn.

Dann brach sie eine Zigarette auf, nahm den Tabak heraus und vermischte ihn mit dem Marihuana, »Darfst du denn noch rauchen?«, fragte der Mann, »ich meine, wegen dem Kind«, »Ich weiß nicht«, sagte sie, »ich glaube nicht, aber das ist ein besonderer Abend, meinst du nicht? Ich betrüge meinen Mann, ohne überhaupt Sex zu haben, eigentlich, ohne irgendetwas Schlimmes zu tun.«

»Ist er eifersüchtig?«, fragte Tom sie, »seid ihr eifersüchtig?«

»Ich nicht«, sagte sie, »ich glaube nicht, meine ich, so

kann man das nicht sagen, es kommt darauf an, aber sicherlich wird er ein paar Tage lang schmollen. Er wird eher ärgerlich sein als eifersüchtig, und ich werde ihn ja auch nicht wirklich betrogen haben, aber das wird er mir nicht glauben, dass ich mich nur unterhalten habe und Jazz gehört im Apartment eines alten Freundes. Ich meine, denken wir nicht daran, das Wichtigste ist jetzt, zu feiern, anzustoßen und zu feiern.«

Sie steckte den Joint an und rauchte, gab ihn dann dem Mann weiter, der sich aufrappelte, den Rücken an die Wand gelehnt, den dicken Bauch nackt, die Beine in Meditationsstellung, rauchte er und schloss die Augen, Elena gab ihm einen Kuss auf den Bauchnabel, dann einen auf den Hals, dann auf den Mund.

»Das Schlimmste an dieser Situation, ich meine, ein Mann, ein Kind, das so gut wie da ist, das Schlimmste daran ist, dass du morgens aufwachst und denkst, du weißt schon, was bis zum Abend passieren wird, wenn du wieder in dasselbe Bett gehst, mit demselben Mann.

Ich weiß, dass das ein banaler Gedanke ist, und ich weiß, dass es auch viel Schönes gibt in einer festen Beziehung, Unbezahlbares, ich weiß: die Gewissheit, dass da jemand ist, auf den du zählen kannst, die Freude, etwas aufzubauen, was Bestand hat und eine gemeinsame Zukunft mit jemandem zu planen, und so weiter und so weiter und so weiter, ich weiß«, sie sagte es wieder, als würde sie eine auswendig gelernte Litanei aufsagen, die sie mittlerweile langweilte, sehr langweilte, »Aber, na ja …«, und sie ließ ihre Worte so enden, mit Pünktchen, die gar kein Ende waren.

›Vielleicht ist die ganze Welt dabei, so zu werden‹, dachte der Mann, ›Mit immer weniger Buchhandlungen und immer mehr Handygeschäften. Eine ganze Welt, in der das, was nicht angesagt ist, zumacht‹, dachte sie, ›Wo das, was nicht allen gefällt, verschwindet. Wo es zwar Arme gibt, und auch immer mehr, man sie jedoch nicht mehr sieht, zumindest nicht im Stadtzentrum.‹

»Wichtig ist noch, dass ich sicher bin, dass er ein guter Vater sein wird«, sagte die Frau, »weil er zuverlässig ist und auch liebevoll, könnte man sagen, und dass er alles tun wird, was man tun muss für ein Kind, und dass ich sicherlich immer auf ihn zählen kann, was auch passiert zwischen uns. Das alles ist wichtig, aber ein Arschloch ist er trotzdem.

Ich meine, er ist der Typ, der sagt, dass er nichts gegen Schwule oder Schwarze hat, aber falls unser Sohn einen schwulen Lehrer hätte, würde er ihn sofort in eine andere Klasse versetzen lassen. Und wenn unsere Tochter einen schwarzen Freund hätte, würde ihm das entsetzlich zusetzen. Er würde es nicht zugeben, weil er weiß, dass die Gesellschaft ihn dafür verurteilen würde, hier in London, jetzt, aber er wäre nicht glücklich, wenn seine Tochter eine Pakistanerin als beste Freundin hätte oder einen schwarzen Freund. Tatsache ist, dass ich beide Seiten sehe und nicht entscheiden kann, welche die wichtigere ist.«

Der Mann nahm noch zwei Züge, ganz langsam, dann sagte er: »Das ist immer sehr schwierig in solchen Fällen, glaube ich.« Ihm wurde klar, dass dieser Satz gar nichts bedeutete, aber er fand nichts Besseres. Er dachte daran, dass ihm zumindest diese Probleme erspart geblieben waren, in seinem Leben, und dass das ein großes Glück gewesen war, und er verstand wirklich nicht, warum es so viele Homosexuelle gab, die sich das Dasein durch eine Ehe ruinieren wollten, er fragte sich, wie man von dieser unendlichen Quelle von Problemen und Tragödien angezogen sein konnte. Er war grundsätzich einverstanden mit dem Prinzip, dass jedes Recht, das einem aberkannt wurde, eine Ungerechtigkeit war, aber trotzdem konnte er nicht verstehen, wie man für das Recht auf ein so lächerliches Versprechen wie dieses kämpfen konnte: die Ewigkeit in Bezug auf ein Gefühl. ›Es ist wirklich absurd‹, dachte er, ›Ich könnte diese Überlegung niemals in der Öffentlichkeit vertreten oder auch nur bei einem Abendessen mit Freunden oder Kollegen, und doch erscheint es mir genau so: absurd.‹

»Wenn das Kind da ist«, sagte Elena, nach einer Weile, »will ich meine Arbeit aufgeben und wieder das tun, was mir gefällt, ich meine, versuchen, es wirklich zu tun, immerhin bin ich zum Photographieren in diese Stadt gekommen.«

»Und willst du dann deinen Mann verlassen und dir jemanden suchen, der dich aushält?«, fragte Tom lachend, und auch sie lachte.

»Natürlich«, sagte sie, »vielleicht dich, wenn du gerade wieder eine bisexuelle Phase hast, wer weiß, oder ich könnte mich als Mann verkleiden, am Abend, und verkleidet Sex mit dir haben, ich meine, so als wäre ich einer deiner jungen Tänzer, und dafür könntest du meine Miete bezahlen und mein Essen, und ich würde deine Beziehungen ausnutzen, um die ganz großen Künstler des Landes in ihren geheimnisvollsten und verführerischsten Posen zu photographieren, was hältst du davon?«

»Rechne nicht mit mir, wenn du ganz große Künstler kennenlernen willst«, antwortete der Mann, »in meinem ganzen Leben habe ich vielleicht zwei oder drei von ihnen getroffen«, sagte er, »du musst dich schon mit den großen oder vielleicht auch nur guten oder ausreichenden begnügen, und wenn du viele Photos machen willst, musst du dich zu den mittelmäßigen wie mir herablassen, dann schon, dann kann ich dir eine Menge Leute vorstellen«, lächelte er und sah ihr zu, wie sie lächelte, ›Wie schön du bist‹, dachte er, ›hoffen wir, dass es ein Junge wird und dass er dein Lächeln hat und nichts von seinem Vater.‹

»Künstler, die überzeugt sind, große Künstler zu sein«, sagte er, »davon kann ich dir Unmengen vorstellen. Aber große Künstler, die sich noch nicht sicher sind, groß zu sein und die jeden Tag daran arbeiten, es zu werden, die Einzigen, die es wert wären, dass man sich mit ihnen beschäftigt, davon gibt es höchstens ein paar im ganzen Land.

Die Choreographin von heute Abend«, sagte er, »die ruft mich jedes Mal, wenn sie ein Projekt beendet hat, an und sagt: ›Tom, ich bin verzweifelt, diesmal ist es wirklich eine entsetzlich schlechte Arbeit geworden‹, und dann fängt sie am Telefon an zu weinen. Immer, jedes Mal macht sie das, seit dreißig Jahren, und tatsächlich ist sie die Beste. Sie hat noch etwas zu sagen, verstehst du?, sie ist wütend, sie brennt.«

»Die war schön, die Aufführung heute Abend«, sagte die Frau. »Du weißt, dass ich diese Dinge nicht erklären kann, aber es war wirklich schön. Man verstand, man spürte, dass eine Kraft dahintersteckt. Und du?«, sagte sie, und kraulte ihren alten Liebhaber an der Wange. »Warum hast du vorher gesagt, dass keiner sich an dich erinnern wird, wenn du tot bist?«

»Weil es stimmt. Ich weiß, dass ich nicht zu den besten gehöre. Ich habe ein paar sehr gute Sachen gemacht, als junger Mann, als ich kein Geld hatte, als ich fand, dass alles falsch war, alles, die ganze Welt, und dass ich, wenn ich gehört werde wollte, Blut spucken musste, und das habe ich getan, ich habe Blut gespuckt, jahrelang, und habe gute Sachen gemacht.

Aber dann habe ich angefangen, gut zu verdienen, die Arbeit wurde immer leichter, und ich hörte auf zu kämpfen. Ich weiß nicht, ob das, was ich dir da sage, einen Sinn hat, aber so ist es gewesen. Ich wurde zu einem Gehaltsempfänger, einem Angestellten. Alles war zu sicher. Als wir damals zusammen waren, wir beide, war ich unerträglich, ich weiß das, und das war der Grund: Ich spürte, dass ich nichts mehr zu sagen hatte, gerade dann, als alle auf meine Arbeiten warteten, als ich endlich ein Publikum hatte.«

Die Frau umarmte ihn fest und seufzte. Er lächelte und streichelte ihr Haar. ›Wie lieb du bist‹, dachte er, ›du bist eigentlich gar nicht so wunderschön‹, dachte er, ›aber du bist sehr lieb und diese südländische Nase gefällt mir immer noch sehr gut und es ist ein Jammer, dass wir uns so lange Zeit aus den Augen verloren haben.‹

»Das Einzige, was ich zu meiner Entschuldigung sagen kann«, sagte er, »ist, dass ich mir wenigstens meiner Mittelmäßigkeit bewusst bin. Ich weiß, dass es nun einmal so ist, und ich nerve die anderen nicht mit meiner vermeintlichen Grandezza. Du kannst dir nicht vorstellen, wie viele von diesen Mittelmäßigen es gibt, die dir, sobald du sie triffst, erzählen, wie toll das Projekt ist, an dem sie gerade arbeiten, das Drehbuch, das sie gerade entworfen haben, die Autobiographie, mit der sie gerade begonnen haben, wie wichtig, wie fundamental. Und dann erzählen sie dir ihre künstlerischen Projekte für die nächsten fünf Jahre, was sie tun werden und wie sie es tun werden. Und immer haben sie gerade einen Preis bekommen, und auch das erzählen sie dir sofort, eine Sekunde, nachdem sie deine Hand geschüttelt haben.

Selig die Erfolgsidioten, meine Freundin, selig diese glücklichen und selbstsicheren Mittelmäßigen, die immer etwas aufzuführen haben und immer eine tolle Arbeit, die sie gerade fertig machen, ich habe solche Angst, so zu werden wie sie, früher oder später, Elena, du kannst dir gar nicht vorstellen, wie sehr.«

Er seufzte, sah die Frau an und sagte sich noch einmal, dass für ihn das Wichtigste war, das, was ihn am meisten anging, ja, das Wichtigste überhaupt, dass er kein egozentrischer, aufdringlicher Idiot wurde, der überzeugt war, ein Genie zu sein. Ja, das war es.

»Vielleicht hätten wir gute Liebhaber bleiben sollen, ich und du«, sagte er. »Vielleicht hätten wir nie zusammenziehen dürfen und dann wären wir einander nie überdrüssig geworden und vielleicht hätten wir heute ein Kind und du hättest dir den Journalisten als fröhlichen Liebhaber genommen und ich mir den schönen Elias als ergebenen Liebhaber, aber trotzdem würden vor allem wir beide uns lieben und einander zugleich nahe und fern sein, was meinst du?«

»Ich meine, dass du betrunken bist«, sagte die Frau. »Und ich auch, und dass in jedem Fall etwas schief gegangen wäre, denn irgendetwas geht immer schief zwischen zwei Menschen, ich meine, das Wichtige ist doch, dass wir uns wiedergefunden haben, findest du nicht?, ich meine, vielleicht sind die schönsten Momente nicht die besonderen Begegnungen, sagen wir, die ersten Male, wie man immer glaubt, sondern vielleicht sind es nur die Male, wenn man sich wiedersieht, die neuen ersten Male, nach Jahren der Trennung, wie es uns heute Abend passiert ist.«

»Aber im Bett, wie ist dein Mann da?,« fragte Tom und lächelte, und auch sie lächelte.

»Weniger gut als du. Weniger hingebungsvoll, meine ich. Ungeduldiger. Und er hat eine Geliebte, eine neu eingestellte Kollegin, die gerade von einer sehr guten Uni kommt und sehr schlau ist und sehr schlank. Ich habe sie ein paar Mal bei Partys getroffen und ich bin sicher, dass die beiden etwas miteinander haben.

Aber das interessiert mich nicht, verstehst du?, überhaupt nicht. Das Einzige, was mich ärgert, ist die Vorstellung, dass er, während er mit mir schläft … also, na ja, dass er dann an dieses Mädchen denkt, um sich heiß zu machen. Ich weiß nicht, ob das wirklich passiert, aber manchmal habe ich den Eindruck, dass er die Erinnerung an sie dafür benutzt, sich bei mir zu erregen, und das tut mir weh. Aber ich bin nicht wegen dem Sex mit ihm zusammen, das ist es nicht.«

Wieder schwiegen beide, ein paar Sekunden lang, ohne dass ihnen die Stille peinlich war, dann sagte Tom, dass das Gras gut war, und fragte sie, ob ihr der Wein geschmeckt hatte, sie sagte ja.

»Ich würde das nicht überbewerten«, sagte der Mann, »ich meine, jeder erregt sich, wie er will, und ab einem gewissen Alter, wie er kann. Wenn du mit ihm zusammen bist, weil er zuverlässig und liebevoll ist, dann würde ich es sehr positiv bewerten, dass er noch mit dir schlafen will. Wirklich tragisch sind nicht die Seitensprünge, sondern eher ein mentales Problem: das wahre Problem der meisten Paare ist die Abstinenz.«

»Du hast recht«, sagte Elena, »natürlich hast du recht. Du bist sehr weise, man merkt, dass du viel erlebt hast«, sagte sie und lachte, »Ich habe an allen Fronten gekämpft«, sagte der Mann und lachte auch, »und ich trage eine Menge Orden an der Brust«, sagte er, »auch wenn man diese Schlachten nicht gewinnen kann, habe ich das Gefühl, ich hätte Auszeichnungen bekommen, weil ich mit Ehre und Treue gekämpft habe. Oder vielleicht sind es auch nur Narben, ich weiß nicht, Kriegsverletzungen. Ich bin ein alter Soldat der Liebe«, sagte er, und sah ihr wieder in die Augen und hoffte, dass das Kind solche Augen haben würde, dunkel und aufrichtig, dann drehte sie sich auf die Seite und seufzte, die Hände unter dem Kopf, den Körper ausgestreckt, ganz entspannt, der Mann legte sich direkt neben sie und umarmte sie, indem er sanft ihren Bauch umschlang; so verharrte er lange, ganz still und leise, hörte auf ihren Atem, dachte an viele verworrene Dinge und suchte nach etwas Schönem, was er ihr sagen könnte, aber er fand nichts, und deshalb sagte er nichts, er hing nur weiter seinen Gedanken nach, die einer nach dem anderen verblassten und hörte weiter den Jazz und ihren Atem, den Verkehr und ihren Atem, den Jazz und den Verkehr und ihren und seinen Atem, und er spürte, wie sie einschlief, und dann schlief auch er ein.

Lass die Hunde los

Er geht durch die Stadt, kämpft stumm mit der Märzkälte, groß ist er und schlank, breite Wangenknochen hat er und unergründliche Augen, die Leute bleiben stehen und schauen sich nach ihm um, er sieht gut aus und weiß es, er heißt Elias und ist mit achtzehn von einer Insel im Süden abgehauen und heute hat ihn nach langer Zeit sein Vater angerufen, nach einer Ewigkeit, in der Funkstille war zwischen ihnen, und Hass bei dem Jungen auf den Mann, der ihn an einem Septemberabend für immer verletzt hat, er ist abgehauen aus einer Gegend, wo die Sonne scheint, und jetzt ist er ein einsamer Kämpfer unter den sieben Millionen Seelen einer Welt-Metropole.

In dem kleinen Kino bei Angel hat er einen mexikanischen Film gesehen, eine Geschichte über Hunde und Wetten und eine Sorte Leben, die aufreibt bis aufs Blut, eine Geschichte über Verzweifelte, wie er einer war, als er hier ankam, in einer dreckigen und bösen Stadt, wie er noch nie eine gesehen, sich noch nie eine vorgestellt hatte. ›Du kriegst mich nicht‹, sagt er in Gedanken zum Vater, ›Ich gehöre dir nicht mehr, ich gehöre keinem.‹

Er ist dreiundzwanzig, alt genug, wie er findet, er hat einen Wochenendjob und eine Einzimmerwohnung an der Grenze zwischen dem Bohemeviertel und der Peripherie, wo sich in Mietskasernen türkische, indische, pakistanische Familien drängen.

»Ich komm dich besuchen, morgen komm ich an«, hat ihm der Vater am Telefon gesagt; Elias zieht den Mantel zu und schlägt den Kragen über die Ohren; Elias hat gelernt, allein zu sein, wie das so ist, wenn dein Zuhause auf der anderen Seite des Kontinents liegt und dein Cousin dir das Geld zum Abhauen geliehen hat und du für deinen Vater gestorben bist, er hat gelernt, sich totzutrainieren, mit Übungen, an Geräten, beim Laufen, beim Beugen, er hat doppelt so viel gemacht wie die anderen und bessere Noten bekommen als alle und Tag und Nacht gerackert und in Dreibettzimmern gewohnt; er hat gelernt, an die, die er zurückließ, nicht zu denken, seine Sonnenstadt zu vergessen und die blendendweißen Strände seiner Heimat.

Er geht durch den eisigen März und spürt nicht einmal den Regen, der ihn anfangs verrückt gemacht hatte, den grauen Himmel ohne Sterne, der für ihn zum Schreien, zum Sterben war; er mag die Restaurants in dieser Straße und die Arsenal-Wimpel vor den alten Pubs, die unverdrossen die Stellung halten; er mag den Geruch von hundert Küchen aus hundert Ländern in diesen Mischungen aus Café und Restaurant und das Fest der Sprachen an seiner Schule, er mag es, den Kontrolleuren in ihren ausgeleierten Pullis zuzunicken, er hat ihr Englisch gelernt, diese Sprache der frisch Eingewanderten, und die stummen Verwünschungen gegen die Briten und ihr verdammtes Geld; er geht durch die Upper Street und weiß, dass diese Straße alles ist, die ganze Welt, Spaß und Schweiß, Ausgebeutete und Millionäre, wie tausende andere Straßen in dieser Stadt, im ganzen Königreich.

»Ich bin der Kapitän meiner Schmerzen«, der Text eines Songs, tausend Mal gehört und wie für ihn geschrieben, »Ich bin der Kapitän meiner Erinnerungen«; er denkt an den Vater, an ihrer beider Stimmen am Telefon, gealtert, gebrochen, daran, dass er, wie immer, durcheinanderkam, als es anfing, schwierig zu werden; »Ich möchte dich gern sehen, Elias, ich möchte dich wirklich gern sehen und mit dir sprechen«, und er außerstande, irgendwas zu sagen, seine Kraft wie weggeblasen, ein Kapitän ohne Kontrolle, die Erinnerungen kurz vorm Herausplatzen; »Ich komme morgen, reden wir ein bisschen, ja?«, und er sagte nichts.

Und jetzt ist es Abend und er ist allein, er sitzt an einem Tisch in seinem Lieblingscafé, er blättert in einer Zeitschrift für Gesundheitsfanatiker mit einem Faible für Orangen und Olivenöl, ein Café mit einer Einrichtung aus warmem Holz und Spiegeln, wo er sich ab und zu hinflüchtet, um die Gedanken zu beruhigen und um der Kälte auf den Straßen zu entkommen.

Es ist Abend und er ist allein und bestellt Saft und ein Croissant, die Chefin kommt und bedient ihn, eine blonde Frau mit großen Augen und einer schönen Stimme und Lust zu reden, schon bei früheren Gelegenheiten haben sie sich angeschaut und miteinander gesprochen, immer abends, vor der Schließung, wenn das Lokal so gut wie leer ist und sie Zeit hat, sich zu ihm zu setzen, wie auch jetzt, sie ist sympathisch und hat schöne Beine, sie schenkt sich selbst auch etwas zu trinken ein, moussierenden Wein, sie diskutieren über Armut und Reichtum, über Kunst, die in die Vorstädte gebracht werden muss, über Béjart und Antonioni, die Frau lächelt, unablässig ordnet sie ihr Haar, sie schlägt ihm vor, nach der Schließung doch bei ihr vorbeizukommen, sie könnten einen Film anschauen, er ist einverstanden.

»Du hättest nicht kommen sollen«, sagt er in der kalten Nacht zu seinem Vater, schnell geht er die Allee entlang, auf der Suche nach Tabak und Blättchen.

Oft zieht er am Abend ziellos herum, eine Stunde Billard mit den Türken von Stoke Newington, ein paar Runden Karten mit den Neapolitanern vom Circolo Vesuvio, Entwurzelte wie er, die nicht gelernt haben, das alte Leben auszulöschen, die Stimmen und Gesichter zu vergessen. »Ich bin der Kapitän meiner Schmerzen«, klaglos trägt Elias die Bürde der Ferne, ihm genügt der Gedanke an die Zukunft, zu wissen, dass er eines Tages ein großer Tänzer sein wird, die Zukunft, die alles gutmachen wird.

Er denkt an morgen und an den Zug zum Flughafen, an das, was sie sich wohl sagen würden, er und der Fremde, der ihm Vor- und Nachnamen gegeben hat, er denkt an morgen, an ihrer beider Augen und Hände, an eine Umarmung, die alles weglöschen könnte, vielleicht aber auch nichts ändern wird.

›Du hättest nicht kommen sollen‹, denkt er, ›Du hättest mich vergessen sollen, wie ich das getan habe‹; er hat vergessen, ausgelöscht, die Erinnerungen bezwungen, die ihn innerlich aufrieben, ihm weh-, mörderisch wehtaten, jeden Tag, jeden Abend, jede Stunde, er ist über die Grenze gegangen, zumindest kommt ihm das so vor, das andere Leben so fern, als hätte er es nie gelebt.

Im letzten April jenes Lebens, vor einer Ewigkeit, ist es heiß auf der Insel, die Jugendlichen lassen den Unterricht ausfallen und laufen in die Parks oder an die langen, noch menschenleeren Strände, Elias ist achtzehn und bald kommen die Prüfungen, dann die Ferien, der echte Sommer, Schluss mit der Schule, dem Gymnasium, dem Zug, den er jeden Morgen nehmen muss.

Es ist April und sie liegen im Sand, sie sind allein in dem Abschnitt des Strandes und sein Cousin umarmt ihn und küsst ihm den Hals, »Was wirst du denn jetzt machen?«, er weiß keine Antwort, er will nicht an das denken, was ihn erwartet, an die Universität, an die Entscheidungen, die er treffen muss, er möchte die Sonne genießen und diese schüchternen Küsse. »Ich weiß nicht, ich gehe nach Rom, vortanzen, eine wichtige Schule, in London«; der Cousin schaut ihn an und sagt nichts, er weiß, dass Elias kein Geld hat, dass sein Vater niemals einwilligen wird, er sagt nichts, küsst ihn weiter, streichelt ihm die Arme, flüstert ihm ins Ohr, »Ich mag dich«, sagt er.

›Ich habe alles ausgelöscht‹, denkt Elias, ›Jahre habe ich dafür gebraucht und jetzt kommt er an und macht alles wieder wahr, schmerzhaft und nah‹; sie liegen auf einem Teppich, bestimmt ein indischer, denkt der Junge, so teuer wie zwei seiner Monatsmieten, sie haben nichts an und die blonde Frau lächelt ihn an und streicht ihm übers Haar, »Du bist schön«, sagt sie, und noch einmal: »Wie schön du bist.«

Sie haben miteinander geschlafen und Camden Town hinter den Fensterscheiben des großen, im Halbdunkel liegenden Wohnzimmers ist ein Rummel aus Geräuschen und Gesichtern; sie betrachtet ihn und lächelt, sie bittet ihn, ihr von seiner Heimat zu erzählen, von seinem Meer, und wie der Anfang war in dieser Stadt. »Es muss hart gewesen sein«, sagt sie, »aber auch schön, stelle ich mir vor, sich durchzuschlagen, wie bei einer Wette, ohne Geld, ohne irgendjemanden, nur für den Tanz und die Kunst, in gewisser Weise hast du Glück.« Elias antwortet nicht, ist versunken in die Bilder und Masken an der Wand, die mexikanischen Keramiken und Wandteppiche, gern würde er über seine Schule sprechen, über die Kompanie, in die er, als Bester von allen, als Schönster von allen, eines Tages aufgenommen werden wird; gern würde er mit ihr über seine Tanzkollegen sprechen und über die Eifersucht, die jeden Anflug von Freundschaft zerstört, über die Choreographen, die dich zum Essen einladen, ohne dass du ablehnen kannst, über die Solotänzer, die sich mit Koks und Alkohol über die Runden bringen, Anorektiker mit kaputten Schleimhäuten, immer unter Hochspannung; es gelingt ihm nicht, über all das zu sprechen, über diese Jahre und was der Preis dafür war. »Nein, zu hart war es eigentlich nicht«, er denkt an seinen Vater und an das, was sie sich sagen würden, daran, wie es sein würde.

Als er in der Stadt ankam, war seine Rettung ein Walkman, die dunkle Stimme eines australischen Sängers, die Filme nachmittags im Kino hinter dem Leicester Square, als er in der Stadt ankam, fand er ein Dreibettzimmer in der gottverlassenen Peripherie, zwei Metrolinien musste er jeden Morgen nehmen, war ganze Tage unterwegs auf Jobsuche, Stunden und Vormittage und Nachmittage zu Fuß durch die tristen, grauen Vorstädte, Kilometer an Kilometer dieselben Häuschen, reihenweise Vorgärten zur Straße hin, volles Rohr Reggae und arabische und afrikanische, von fernen Sonnen verbrannte Gesichter.

Als er in der Stadt ankam, lernte er auf der Jubilee Line Landsleute kennen, die von den üblichen Vorstellungs- und Bewerbungstouren durch Cafeterien und Pubs zurückkamen, Jungs von seiner Insel, die ihn zu sich nach Hause einluden, nach Kilburn, Pizzabäcker und Barkeeper und Hilfsköche, die freien Abende zu Hause vor Videospielen, Kassetten aus dem Videoverleih, während man sich auf dem Wohnzimmerteppich mit Myrthenlikör volllaufen ließ, Geschichten voller Sehnsucht nach der Insel und spektakuläre Rückkehrpläne, mit Jeep und Designerklamotten, um Verwandte und Freunde zu beeindrucken.

Er hat niemanden, zu dem er zurückkehren könnte, niemanden, den er beeindrucken könnte, er hat alles ausgelöscht, für ihn hat es vor dieser Stadt, vor heute nichts gegeben.

Seine Mutter streicht ihm übers Haar und singt ihm ein Lied, das nur sie kennt, »Mein Kind, mein Kind«, sagt sie ihm ins Ohr; er ist kein Kind, er ist sechzehn und hat lange, starke Beine, er weint und vergräbt den Kopf im Kissen, seine Mutter hat lange, blonde Haare und das traurige Gesicht einer Frau, die weiß, dass ihr Kind heranwächst und nicht mehr ihr gehört, sondern der Welt, dem Leben da draußen und neuen, schmerzlichen Liebschaften.

Wenn der Vater sie so sähe, ihn am Weinen und sie am Trösten, würde er zornig werden und ihn Schlappschwanz schimpfen und was dagegen ein echter Mann sei und was der auf keinen Fall tun darf; sein Vater meint es gut, aber er weint nie; sein Vater sagt, mit den mageren Beinen, der glatt rasierten Brust und dem allzu leichten, wie tastenden, wie tänzelnden Schritt sehe er nicht aus wie ein Mann; der Vater brüllt, wenn sein Sohn kein Fleisch essen mag, »Hat man das schon mal gehört, ein Steak soll widerlich sein, Blut soll ekelhaft sein, was haben wir denn in unseren Adern wenn nicht Blut, was haben wir denn immer gegessen wenn nicht Fleisch?«; sein Vater brüllt, wenn er von Theater oder Dichtung sprechen hört, sein Vater arbeitet hart und geht jeden Abend in die Bar, für seine Frau und die Familie würde er sich totmachen, sagt er immer; mit Elias spricht er nicht, er sagt, er könne es nicht, er verstehe ihn nicht, sie seien zu verschieden; die Mutter hört sich seine Geheimnisse an, seine verwickelten Jungengeschichten von unreifer Liebe und Verrat und sie streicht ihm übers Haar und nennt ihn Kind, mein Kind.

Als er in der Stadt ankam, hat er gelernt, sich keine Fragen zu stellen, fix zu sein und möglichst wenig zu schlafen, wenig zu sprechen und seinen Vater und jenen Septemberabend auszulöschen und eine Frau zu suchen, die ihn lieben würde, ohne viel zu fragen; er hat solche Frauen gefunden und wieder verloren, eine im Monat, eine am Tag, er hat Männer gefunden aus Ländern, die noch weiter im Süden lagen als seines, Orientalen mit Geld in den Taschen und Kariben mit endlos langen Beinen; in den mit seinen Landsleuten vertändelten Stunden hat er nachgedacht über ihre Liebe zu den dunklen Nächten in der äußersten Peripherie, leicht geschminkt sah er sie ausgehen und fröhlich bis zum hellen Morgen illegale Garagen abklappern, eine Pille und ein Schluck Rum, ein Tütchen, das herumgereicht wird, zieh rein und gib weiter, zieh rein und gib weiter, Tütchen, en gros gekauft mit den Ersparnissen eines Monats; zig

Mal hat er Zimmer und Wohnung gewechselt, nach wilden Streitereien aus Gründen, die ihm jetzt in der Erinnerung lächerlich vorkommen, und vielleicht war es ja immer nur der von der Insel mitgeschleppte Kloß, der Umstand, dass er mit niemandem reden konnte, nichts fand, worüber er reden konnte, nur Tanz und Pfund Sterling, sonst nichts.

Wochenlang, monatelang war er allein, die Musik vom Walkman und der Unterricht und der dichte Regen, ein Himmel ohne Sterne und düstere Strophen seine einzige Gesellschaft, ›Mein Gott‹, hat er sich tausend Mal vor dem Spiegel gesagt, ›Ich will doch nur leben und tanzen, meine Arme nach der Musik bewegen, auf der Bühne Figuren erfinden und das Publikum für mich gewinnen‹, und das Spiegelbild zeigte ihm einen von Mal zu Mal schlankeren, flinkeren, lebendigeren und einsameren jungen Mann, weit weg von den Stränden und den Sonnenuntergängen am Hafen, einen Mann ohne Mutter und Vater, ohne Frauen, die ihn länger als für eine Nacht zu lieben verstünden, Träume und Wut, das Herz jeden Abend verhärteter, die Grenze hinter ihm, weit weg.

»Bleib zum Schlafen«, sagt die Frau, hält ihn von hinten fest umschlungen, den Mund auf seinem Hals, er macht sich langsam los, küsst sie nicht und schaut sie nicht an, »Bleib zum Schlafen, komm doch, bleib hier«, er antwortet nicht, er schreibt seine Handynummer auf einen Zettel, den er auf dem Teppich liegen lässt, er geht ins Bad, wäscht sich, er denkt an ein Flugzeug, das von der Insel kommt, und an den Fremden, den es herbringen wird, er geht ins Wohnzimmer zurück, es sieht so aus, als schlafe sie, »Du bist traurig, mein Lieber, zu traurig für dein Alter«, sie spricht mit ihm, aber wie aus dem Schlaf, wie in Gedanken versunken, »Bleib heute Nacht bei mir, du bist zu traurig, du schaffst es nicht allein, jung wie du bist, wie alt bist du?«, Elias sagt nichts, er tritt auf die Straße hinaus und atmet tief durch, es regnet, er zieht sich zum Schutz den Mantel über den Kopf, wird aber trotzdem nass, ›Ich bin nicht traurig‹, so die Antwort, die er sich selbst gibt, ›Ich bin allein und es geht mir gut dabei, ich bin nicht traurig.‹

Die Mutter kennt seine Geheimnisse und seine Liebesgeschichten, aber sie hat nicht die Kraft, ihn zu verteidigen, sie kommt nicht an gegen den Vater, gegen seine Zornesausbrüche, wenn er in den Bars des Ortes gewisse Gerüchte über seinen Sohn hört, ein bestimmtes Lachen an seine Ohren dringt; die Mutter kommt ihm schlagartig gealtert vor, sie redet ihm nicht mehr zu und streicht ihm nicht mehr übers Haar, jetzt fragt sie ihn, was er nach der Schule vorhat und warum er jeden Abend in die Stadt geht; vom Unterricht und vom Cousin erzählt er ihr nichts, er spürt, dass sie das nicht verstehen würde, dass seine Entscheidungen einen Schmerz verursachen, den er nicht mitteilen kann, den er für sich behalten muss, dass er die Mutter in Schutz nehmen muss vor diesem Vater, der nichts versteht; die Mutter schwört ihm ihre Liebe, will ihn aber nicht verlieren, »Was willst du studieren, Elias?«, er antwortet nicht, es erscheint ihm unwichtig.

Nicht nur der Anfang war hart, hart war es immer, in jedem Augenblick, wegen des Geldes und wegen des Wetters, wegen der Schule, die dich zum Sklaven macht, sechs, sieben, acht Stunden Unterricht und Proben täglich, am Sonntag gibst du in einem Sessel vor dem Fernseher den Geist auf, du liegst am Boden und starrst die Wand an, um Kraft zu schöpfen, hart war es immer.

Eines Abends ist Elias in der Schule, keiner ist mehr da, nur noch er, zwei Stunden länger als die anderen beugt er sich, dehnt sich, übt die Schritte eines Stücks, das er im Kopf hat, »Lass die Hunde los«, möchte er es nennen, wie ein Lied seines nächtlichen Sängers, »Lass die Hunde auf mich los«, heißt es in dem Lied, »Und löse das Band um dein Haar, du bist ein kleines Rätsel für mich, sooft du nach mir suchst«, der Junge stellt sich die Musik vor und entwirft Liebe und Eifersucht vor dem Spiegel, er arbeitet hart, glücklich bis zur Erschöpfung; er duscht und zieht sich um, isst mit Max, dem Nachtwächter, zwei Meter Muskeln und Tattoos, ein Sandwich, »Du«, sagt der zu dem Jungen, »was machst du, als Ausländer, eigentlich so am Abend?«, und Max erzählt ihm von seinen Nächten als Heranwachsender in Diskotheken und Lokalen, von einer erschwinglichen Wohnung im Norden der Stadt und von Krediten und Banken, Plänen für die nächsten zehn, zwanzig Jahre, Elias isst sein Sandwich auf, ohne etwas dazu zu sagen, verabschiedet sich von diesem Freund für einen Abend. »Wir sind gleich alt, du und ich«, sagt Max mit einem Lächeln, er nickt zustimmend.

Es ist der letzte September in seiner Heimat, der letzte Tag jenes Lebens, es wird Abend, das Apartment des Cousins ist klein und kahl, am Himmel ziehen große Wolken vorbei, die nach Regen aussehen; sie haben gegessen und geraucht, sind nur in Boxershorts und T-Shirt, es ist heiß im Wohnzimmer, aus der Stereoanlage dringt indische Musik, sie schauen aus dem Fenster, auf den Golf und die Lagune, das Meer liegt schon im Dunkel, allein der Leuchtturm durchbohrt die Finsternis.

Sie halten sich umschlungen, eine Umarmung, die sie nicht kontrollieren können, vielleicht nicht wollen; der Cousin heißt Fabio und hat eine Arbeit und ist zehn Jahre älter als er, Elias mag sein Gesicht und seine Hände, aber all das hat auch einen bitteren Geschmack, er versteht nicht warum, aber er fühlt ihn im Mund und im Innern, Fabio küsst ihm die Ohren und den Hals, kratzt ihm über die Haut und drückt ihn immer fester an sich, aber sie ist sanft, diese Kraft, »Ich liebe dich«, sagt er leise, Elias weiß nicht, was er sagen soll, er lässt sich küssen.

Er nimmt den Telefonhörer ab, die Frau fragt ihn, was er macht, ob er Lust hat, sie zu sehen, er sagt ja, schlägt ihr vor, zusammen nach Stansted zu fahren, wenn sie Zeit und Lust hat, ihn zu einem Flugzeug zu bringen, das von jenseits der Grenze kommt, mit einem Stück seiner Vergangenheit an Bord. »Ich erkläre es dir vielleicht später, wenn ich es denn erklären kann«, sie versteht nicht, willigt aber ein, sie treffen sich in einem arabischen Lokal, sie bestellen Couscous und

Wein; Elias sieht sie an: Sie ist schön, sie lächelt und sie wirkt glücklich, sorglos, »Warum hast du mich angerufen?«, fragt er sie und gibt ihr einen Kuss, die Frau nimmt seine Hände fest in die ihren, schaut ihm in die Augen, die dunkel sind wie von mühsam zurückgehaltenem Weinen, sie sagt ihm, dass er so jung wirkt, dass er noch ein Junge ist, er schweigt, hängt seinen Erinnerungen nach.

Die Nacht ist lau, es regnet, Fabio hält den Cousin schweigend in seinen Armen, »Wein nicht«, sagt er zu ihm, »Bitte wein nicht«, Elias hat blutende, aufgeschlagene Lippen, schmerzende Beine und von Blutergüssen dunkle, geschwollene Augen, er weint und ballt die Fäuste vor Wut und Angst, er hört Fabio, der immer wieder zu ihm sagt, er solle sich beruhigen, nicht weinen, keine Angst mehr haben, er spürt seine leichte Umarmung und die Küsse, sachte, damit sie nicht weh tun, auf den geschlossenen Augen, zarte Berührungen auf den Backenknochen, den Wangen; »Es ist vorbei«, sagt Fabio und versucht ein Lächeln, streicht sanft mit Eis über die blauen Flecken, mit Baumwolltupfern und Alkohol desinfizieren sie die Wunden, vorsichtig, ganz vorsichtig, »Es ist ausgestanden, alles ist vorbei, denk nicht daran, wein nicht, vergiss das Ganze, sofort, jetzt, als ob nichts geschehen wäre, vergiss das Ganze und hau ab«, Elias schluchzt immer wieder auf, er kann es nicht abstellen, überall spürt er Schmerzen, innen, tief drinnen, die verquollenen Augen und der pochende Kopf, er kann sich nicht rühren ohne stechende Schmerzen und Übelkeit. »Lass mich nur machen«, sagt Fabio ihm ins Ohr, fast ein Flüstern, »Du musst fortgehen, musst diesen Abend und was geschehen ist, auslöschen, ich geb dir das Geld für die Reise, ich geb dir, so viel du willst, fahr weg und fang von vorn an, fahr weit weg und vergiss deinen Vater und auch mich«, und er küsst und liebkost ihn, er nimmt seine Hände und schwört ihm seine Liebe, er segnet ihn und vergibt ihm, er nennt ihn meine Liebe, meine unmögliche Liebe.

Es fällt ihm nicht leicht, aus sich herauszugehen, etwas zu erklären und sich zu erinnern, jahrelang hat er die Erinnerungen abgetötet, aber jetzt plötzlich erscheint es ihm wichtig, zurückzugehen, alles noch einmal aufzurollen und richtig zu verstehen. »Er hätte nicht kommen sollen, mein Vater«, mehr kann er nicht sagen, über seine Mutter und ihre Anrufe kann er nicht sprechen, wie er merkte, wie sie älter wurde und jedes Mal, von Jahr zu Jahr, von Weihnachten zu Weihnachten, mehr litt; »Wenn du über eine Grenze gegangen bist, solltest du niemals zurückgehen«, solche Gedanken hat er, aber er kann sie nicht erklären.

Sie sind fertig mit dem Essen, trinken einen Schnaps, er sieht die Frau an, die er kaum kennt und freut sich, dass sie bei ihm ist, er würde ihr gern alles erzählen, sich befreien, mit ihrer Hilfe abrechnen, »Meine Mutter hat ihn verlassen, sie ist weggegangen, ist davongelaufen von meinem Vater, hat ihn sitzenlassen, das hätte ich nicht für möglich gehalten, aber so ist es.«

Er erzählt schließlich alles: er umarmt sie, lässt sich umarmen, »Er veränderte sich, Abend für Abend bis spät in der Bar oder vor dem Fernseher, als ob sie gar nicht da wäre, und ich weiß, dass das irgendwie wegen mir so gekommen ist, wegen des Abends, an dem er mir nachgegangen ist und mich dort gefunden hat, in einem dunklen Zimmer mit einem jungen Mann, einem Verwandten, nur uns beide, nackt; ich weiß, es war nicht mein Vater, der mich schlug, es war der Mann, der bestimmte Dinge tun muss, der nicht alles zulassen kann, es war der Mann, der seine Regeln hat; ich weiß, dass es an jenem Abend aus war, für mich mit ihnen und für ihn mit ihr; ich weiß, dass er ihr nicht verziehen hat, dass sie mir Geld gab, dass sie mich immer noch anrief und liebte; ich weiß, dass ich ihn auf den Tod hasste, nicht wegen der Verletzungen, sondern für das, was er kaputt gemacht hat, wegen der Demütigung; ich weiß nicht, was jetzt kommt, was kommen kann, ich weiß nicht, ob wir uns jetzt umarmen können, ob wir was Besseres sein können als zwei Verlierer, die sich hassen, ich weiß nicht, warum er beschlossen hat zu kommen«, er verstummt, er lässt sich küssen, sagt ihr ins Ohr, »Verlass mich nicht, wer immer du bist, wenn du mich zu ihm begleitest, halt mich fest, gib mir deine Hand«.

Sie gehen schweigend durch den Regen; in seiner Heimat sonnen sich die Mädchen an diesen Märztagen in den Bars im Zentrum, deutsche Touristen schleppen sich die engen Gassen im mittelalterlichen Stadtviertel hinauf, treten, geblendet von der Sonne und der Schönheit, auf die Piazza del Bastione hinaus, das Meer glitzert wie im Sommer und die Sonne, stark und arrogant, pfeift auf den Kalender; in seiner Heimat lässt der Regen monatelang auf sich warten, dann schüttet es so, dass die Felder überschwemmt werden und der Himmel rabenschwarz ist, ein dunkler, kräftiger, prasselnder Regen; der Regen in dieser Stadt ist immer wie schmutzig und abgestorben; sie warten auf den Zug zum Flughafen, der Junge geht auf und ab, nervös, aufgeregt, die Angst, dass ihn das andere Leben wieder einholen könnte, »Wie geht's dir?«, fragt ihn die Frau, er schaut sie an, sie ist schön und schwarz gekleidet, sie geben sich die Hand und schauen sich in die Augen. »Alles in Ordnung«, antwortet Elias, ein leichtes Zittern in der Stimme.

Übersetzt von Martina Kempter

Herbst

Das Mädchen fragte, was es ihm bringen könne, er betrachtete ihre Augen und ihr Gesicht genau, die sanften Lippen einer glücklichen Zwanzigjährigen, ein Metallring an der Braue, kein Lippenstift, keine Schminke an den Augen; es blies ein leichter Wind, aber er drang nicht vor bis in diese Art karibischer Bar, der Mann konnte sehen, wie die Palmen hinter den großen unechten Scheiben sich bäumten, wie die Wellen den Sand eroberten, ein paar Meter weiter.

Der Mann sah das Mädchen an und sah dann aufs Meer, das Dunkelblau des herbstlichen Wassers und das aufmerksame Gesicht der jungen Frau, die seine Bestellung entgegennahm, »Mirto«, sagte er, Myrthenlikör, »aber wenig«, und er lächelte und sah, dass sie sein Lächeln erwiderte, dass ihre Augen funkelten; »Geben Sie mir danach ein Autogramm?«, er nickte, starrte wieder auf die Wellen und das Grau des Sands und dann, flüchtig, auf die Beine der Kellnerin, die seinen Likör holen ging.

»Mirto«, wiederholte er leise, und ihm wurde klar, dass er nicht einmal diese paar Tage durchhalten würde, dass alles wie immer ablaufen würde, dass es ein Trugschluss gewesen war, der übliche Trugschluss: nach Hause kommen, glauben, dass er es schaffen würde, nicht mehr zu trinken, und dass die Schwester sein so lange zurückliegendes Weggehen vergessen würde, dass sie ihm verzeihen würde und ihn auf der Türschwelle umarmen und ihm sagen, dass sie ihn liebte, dass sie doch letzten Endes Geschwister waren und dass das mehr bedeutete als alles andere.

»Du bist wieder da?«, hatte sie ihn gefragt, sie sah ihm direkt in die Augen, ohne Rücksicht auf sein verquollenes Gesicht und seine Müdigkeit, »Du bist wieder da« und sonst nichts; nach einem Tee und ein wenig kühlem Geplauder waren sie auseinandergegangen; es war ein Reinfall gewesen, so wie der Strand, zu dem er mit dem Bus gefahren und wo er dann zu Fuß kilometerlang am Wasser entlanggegangen war wie früher in seiner Jugend, als er noch ein strahlender Jugendlicher aus dem Süden gewesen war, mit wilden Locken und zerwühlten Träumen, als dieser Strand noch eine weite weiße Düne gewesen war, eingerahmt von tropischen Palmen; jetzt war der Sand grau und hart und sein Gesicht gelb und finster, ein abgehalfterter Schauspieler, der den falschen Frauen nachgelaufen war und den falschen Drogen und Geld und Jahre und Talent mit viel zu teuren Autos und dümmlichen Filmen für kleine Kinder vergeudet hatte und der jetzt an einem Strand Zuflucht suchte, der vom Bauboom ruiniert war und von der fatalen Dummheit unfähiger Verwaltungsbeamter.

Seine neue Freundin kam wieder an den Tisch, stellte das Glas und eine Tüte mit exotischen Chips ab, »Setz dich zu mir«, sagte der Mann, sie gehorchte lächelnd, so hübsch und jung, »Das ist das Einzige, was ich nicht tun darf, was ich auf gar keinen Fall tun sollte, Alkohol trinken«, sie sah ihn an und berührte währenddessen ihren Ring, die gerunzelten Brauen verlangten eine Erklärung, sie hatte einen Stift und ein weißes Blatt in der Hand, der Mann nahm ihr beides mit einer eingeübten Geste ab, setzte ohne nachzudenken eine lange, krakelige Unterschrift darunter, hielt dann inne, den Stift in der Luft, »Wie heißt du?«, fragte er, sie sagte es ihm.

»Dem Mädchen, das sich Mila nennen lässt, der Schönsten, die mich je angelächelt hat, an einem Nachmittag meines letzten Herbstes, an einem Strand, der eine andere Zeit heraufbeschwört, mit Zuneigung.«

Er kostete den Likör, spürte sogleich einen Krampf im Bauch, oder vielleicht war es auch nur sein Kopf, der schmerzhafte Befehle austeilte, als seien es Schuldgefühle, vielleicht war es sein Gewissen, das das Offensichtliche nicht wahrhaben wollte, die Sinnlosigkeit richtigen Handelns.

Der Mann war bis vor kurzer Zeit berühmt und beliebt gewesen, ein Schauspieler, der durch die aufgesetzte Traurigkeit seiner Augen überzeugte, und der jetzt wirklich traurig war; er fixierte das Mädchen und dachte, dass zumindest seine Ausstrahlung trotz allem noch nicht ganz verschwunden war, dass sie ihm wohl bis zum Schluss erhalten bleiben würde, auch in diesem letzten Herbst, mit dem Bauch, der sich aufgebläht hatte und hart anfühlte, mit seinen Augen, die die Frauen immer noch zum Glühen brachten durch ihre Traurigkeit und Kraft.

»Was bedeutet das?«, fragte sie und zeigte auf das Blatt, die dunklen Worte, der Mann streichelte ihre Wange, sie waren allein im Lokal und er hätte sie vielleicht küssen können, wenn er sich nicht so müde und schwach gefühlt hätte. »Mir geht es schlecht«, sagte er, fand den Satz dann falsch, unvollständig, gespielt, »ich sterbe, in ein paar Monaten werde ich tot sein«, die Kellnerin sagte nicht, dass es ihr leidtat, oder dass das schrecklich war, sie sagte nichts, der Mann war ihr dankbar; sie sprach nicht einmal über seine Filme, den wichtigen Preis, den er einmal bekommen hatte, die berühmten Frauen, die ihn geliebt hatten, sie führte kein Kneipengespräch mit ihm, sie sagte nichts, nahm die Hand des Mannes und drückte sie, lächelte ihn an; er überlegte, wie alt sie wohl war und was sie von diesem Strand hielt, von den Hotels, die man gleich hinter den Palmen bauen wollte, oder an ihrer Stelle, von der Straße, die an Stelle des einstigen Pinienhains entstanden war; er fragte sich, ob sie dumm war oder gescheit, ob sie an der unbewussten Euphorie dieser Stadt teilhatte, die sich anscheinend die chaotischsten und zynischsten Aspekte Amerikas zu eigen gemacht hatte; er fragte sich, ob diese junge Frau gern in einer alten Kolonialhauptstadt aufgewachsen war und lebte, die sich erst der Ökonomie des Virtuellen ergab und dann einen Hügel mit jahrhundertealter Geschichte zementierte.

Der Mann erwog eine Sekunde lang die Möglichkeit, mit der jungen Frau ins Bett zu gehen, aber es schien ihm obszön, so als würde er etwas sehr Schönem Gewalt antun, nur um es besessen zu haben, »Ich werde noch zum Moralisten«, sagte er sich, aber das war es nicht, und er wusste es: Was schmerzte, war der graue, harte Sand, mehr noch als die Leber und der Bauch; es war die Stadt überhaupt, die ihn jedes Mal noch größer, noch voller und überdrehter empfing, er war ein Fremder, nichts weiter: ein Mädchen wie dieses würde er nie verstehen und lieben können, sie war Teil dieser Stadt, wo immer sie auch leben mochte, und sei es in den allerletzten Reihenhäuschen des endlosen Hinterlands.

Er sah das Mädchen an und wurde von ihrem Lächeln überwältigt, er umarmte sie und küsste ihren Hals, ein flüchtiger Kuss, der nur die Haut streifte, sie drückte den kräftigen Körper des Mannes, der irgendwie erbebte, sich entfachte; die Palmen nebenan würden dem Zement noch jahrhundertelang trotzen, vielleicht für immer; auch nach dem Ende des abgehalfterten Schauspielers, des Strands, der Stadt, ›Bis zur Rückkehr der Mohren, in fünftausend Jahren‹, dachte der Mann und lächelte dann über seinen Einfall, löste sich aus der Umarmung des Mädchens, sagte angemessen nette Worte zu ihr, zahlte und ließ Trinkgeld auf dem Tisch zurück, setzte seinen Spaziergang fort, allein und stumm, langsam, ohne an irgendetwas zu denken, vollkommen allein und stumm, in der grauen Stille dieses Herbstes.

Der Co-Schläfer

Vor uns ist ein Amerikaner mit einem Cowboy-Hut, dann kommt ein spanisches Paar, dann geht das Mädchen das Auto holen, das wir ausgesucht haben, einen Kleinwagen fürs Wochenende, wir unterschreiben den Vertrag, laden die Taschen ein und verlassen den Leihwagenbereich. Ich bin mit dem Zug aus Mailand gekommen, sie aus Rom, es ist schön, durch Florenz zu fahren, ergreifend, wir fahren über den Arno und sagen einander, dass es ergreifend ist, durch diese Postkartenstadt zu fahren; wir verlassen die Stadt bei San Frediano und die Wiesen sind grün, die Hügel wie auf den Gemälden und in vielen Filmen, die wir gesehen haben, und in fünfzehn Minuten sind wir in San Casciano, der Ort ist zwar nicht besonders schön, aber auch nicht hässlich, das Zentrum ist gut erhalten, oder zumindest gut restauriert.

Wir halten an einer Bar und fragen nach dem Weg, sie hat ein Zimmer auf einem Bauernhof reserviert, man sagt uns, dass es vom Dorf aus noch zehn Kilometer sind, auf einer Landstraße, wir verfahren uns ein wenig, fragen noch zwei Mal, finden es, klingeln am Tor, aber es ist keiner da, die Telefonnummer, die sie sich aufgeschrieben hat, läutet ins Leere seit heute Morgen, keiner nimmt ab. »Was machen wir?«, frage ich, sie antwortet nicht, zuckt die Achseln, lächelt, sie hat sich eine Zigarette angesteckt, sie raucht.

Sie heißt Alice und ist wunderschön, das habe ich vom ersten Moment an gedacht, in Rom, während ich meinen Motorroller hinter der Galleria Colonna parkte, und sie rauchte und lächelte mich an, und ich nahm den Helm ab, schloss die Kette an und dachte sofort, dass sie wunderschön war, dass ihr Rücken perfekt war, und auch ihre schwarzen apulischen Augen und ihre sehr langen Haare.

Ich bin so etwas wie ein Regisseur, sagen wir so, ich würde gern Filme drehen, früher oder später, wenn ich einen Produzenten finde, und in der Zwischenzeit drehe ich Kurzfilme und arbeite für die Werbebranche, in Rom, in einer großen Agentur in Prati, und ich verdiene gut, ziemlich gut, seit zwei, drei Jahren, zum ersten Mal in meinem Leben nach einer sehr langen Zeit voller Schulden und geteilten Zimmern in der Peripherie, nach einer sehr langen, schwierigen Zeit.

Jetzt teile ich mir eine Wohnung mit einem Kollegen, in San Lorenzo in Rom, und bis vergangenes Jahr hatte ich eine feste Beziehung, fünf Jahre lang, und es war schlimm, das Ende dieser Liebe, dieses lange Ende, sehr schlimm, und dann war ich monatelang allein, ganz allein, und dann hatte ich Affären, wie man so sagt, mit Frauen, die ich ein paar Mal traf, und seit langer Zeit hatte mir keine Frau mehr so gut gefallen, auf Anhieb und so unbedingt, wie Alice. Nachdem wir uns eine halbe Stunde unterhalten hatten, in der Bar der Einkaufspassage, zwischen Japanern, die mit Einkaufstüten behängt waren, in der mörderischen Hitze des Sommeranfangs, in dieser glitzernden Ecke Roms, nachdem ich sie eine halbe Stunde angeschaut und ihr zugehört hatte, dachte ich, dass ich gern mit ihr wegfahren würde, irgendwo ans Meer, und ich dankte dem Schicksal, wie man so sagt, dass sie mir eine E-Mail geschrieben hatte, um mich zu fragen, ob wir uns treffen könnten, denn sie hatte einen alten Kurzfilm von mir gesehen, eines Abends bei einem Videofilm-Festival im Forte Prenestino, und dann meine Homepage gesucht und gedacht, dass sie mich gern kennenlernen würde, wenn ich Lust dazu hatte, ein paar Worte zu wechseln, einfach so, um über Filme zu reden.

»Suchen wir uns ein Hotel im Ort, was meinst du?«, sage ich, sie ist einverstanden. Sie spricht immer wenig, sehr wenig, aber jetzt ein klein wenig mehr, so scheint es mir zumindest, im Vergleich zu den ersten Malen, die wir uns getroffen haben.

Ein paar Tage nach dieser ersten Begegnung sind wir zusammen verreist, nach Ligurien. Ich hatte sie gefragt »Willst du mit mir ans Meer fahren, für ein paar Tage?«, und sie hat ja gesagt. »Ja«, und nichts weiter. Und wir fuhren los, und verbrachten eine Woche gemeinsam, in einem Hotel am Meer, und alles ging gut: sie stand sehr früh auf und ging Frühstück holen, und brachte es ins Zimmer. Und wir schliefen miteinander, viele Male, jeden Tag, bis spät in die Nacht, und wir schliefen höchstens ein paar Stunden, und ich war immer benommen und wusste nicht warum: die Sonne, der Schlaf. Ich sah sie an und dachte, dass es wunderbar war, dass ich sie getroffen hatte.

Sie heißt Alice, lebt seit acht Jahren in Rom, kommt aus Ostuni, sie studiert Biologie, isst niemals Fleisch, aber Fisch schon, manchmal, sie liest keine italienischen Romane, sieht keine amerikanischen Filme, sieht kein Fernsehen, teilt sich eine Wohnung mit zwei Frauen und einem Mann, in Garbatella, manchmal jobbt sie als Babysitter, sie isst nie etwas zum Frühstück, trinkt sehr viel Kaffee, ihre Lieblingssüßigkeit ist Schokolade. Das ist es, was ich über sie weiß, und das reicht mir, sie hat es mir erzählt, an jenen Tagen am Meer, und ich habe keine weiteren Fragen gestellt. Wir lasen, wir schwammen, wir tranken Weißwein, wir aßen Pizzabrot, wir schliefen wenig, wir liebten uns. Wenn ich sie ansah, ging es mir gut. Wenn ich mit ihr sprach, ging es mir gut.

Dann, eines Tages, nach einer Pizza in San Lorenzo, fragte ich sie, ob sie Lust hätte, mit mir nach London zu fahren, für ein Wochenende: wir könnten Museen besichtigen, und ich würde Videoaufnahmen machen, für ein Projekt, an dem ich arbeitete. Alice sah mich an, verzog den Mund und steckte sich eine Zigarette an. »Ich kann nicht«, sagte sie, »ich muss in Rom bleiben, die nächsten Tage.« Später, als ich sie nach Hause brachte, bat sie mich, ihr den Gefallen zu tun, sie nicht anzurufen, eine Weile lang, ihr keine SMS zu schicken, keine Mails. Ich sagte nichts.

Am nächsten Tag blieb ich ruhig. Zwei Tage später blieb ich immer noch ruhig. Am dritten Tag begann ich mich schlecht zu fühlen. Zu leiden. Das war mir schon lange nicht mehr passiert, so intensiv, ich hatte vergessen, wie schlimm es sein konnte, wie stark. Das kann passieren, dass man das vergisst. Es ging so ohne Pause, den ganzen Tag lang, ein ständiger Schmerz, ein Gedanke, der nicht mehr von mir wich: »Warum?«, »Was ist passiert?«, »Wo ist sie?«, ein einziger Gedanke, den ganzen Tag lang, ich konnte nichts mehr unbeschwert tun, Alice, Alice, Alice, mein Kopf hielt nicht mehr still, ein ständiger Schmerz, Alice, Alice, Alice.

Ich hatte das Handy immer im Blick, aber keine SMS kam an, kein Anruf. Das starke Verlangen, selbst eine SMS zu schicken, ihre Nummer zu wählen und zu sehen, ob sie antwortete. Ich ging jeden Abend zum Sport, laufen und Gewichte heben, um nur nicht zu denken. Nach fünf Tagen hatte ich das Gefühl, es nicht mehr auszuhalten, zu ihrer Wohnung gehen zu müssen, nachsehen, versuchen zu verstehen. Aber ich tat es nicht, widerstand. Ich ging weiter zum Sport, laufen und Gewichte heben. Nach einer Woche hatte ich das Gefühl, nicht mehr auszuhalten, ihr eine E-Mail schreiben zu müssen, ihr sagen, dass wir uns besser nicht mehr sehen sollten, nie, nie wieder, und dass ich sie nicht stören wollte, oder zu etwas zwingen oder was auch immer, wirklich nicht; und deshalb: »Adieu, Alice, es war schön mit dir, adieu«. Diesen Brief schrieb ich in etwa hundert Varianten, natürlich, wie sind wir doch inspiriert und wortgewandt in den Momenten des Wahnsinns, der Obsession, es waren inspirierte Worte, bitter und endgültig, und manchmal war auch ein »Ich hasse dich« oder »Du Verfluchte« darunter. Aber das waren alles dumme und überflüssige Sätze, und Gott sei Dank wusste ich das, und schickte es nicht ab, widerstand: ich verwarf alles, ließ es sein.

Sie fehlte mir. Ihr Schweigen und ihre Worte, ihre Art, über Filme zu reden, viel, über Bücher, manchmal, über Politik, so gut wie nie; ihre Art, mich aufzuziehen, wenn ich allzu feurig argumentierte, wenn ich Unsinn redete; ihre Art, still zu sein, ohne dass diese Stille peinlich wäre, oder unangenehm. Und ich sah sie vor mir, nachts, im Sportstudio, bevor ich einschlief, spät, sehr spät, ich sah sie vor mir, während wir uns liebten, ihre helle Haut, ihre glatten, langen, schwarzen Haare.

Nach zehn Tagen rief sie mich an, fragte mich, wie es mir ging, sagte mir, dass es ihr auch gut ging, sie schlug mir vor, eine Pizza essen zu gehen, ich war einverstanden, ohne etwas hinzuzufügen, ohne zu protestieren oder Erklärungen zu verlangen. Wir gingen nach San Lorenzo, in meine Lieblingspizzeria, umgeben von Studenten und Leuten aus dem Viertel aßen wir eine Pizza Margherita, alle beide, sie aß sehr wenig. Wir redeten, und wir lächelten viel, sahen uns in die Augen, danach gingen wir in eine Buchhandlung mit Bar in der Nähe der Piazza und tranken einen Amaro, danach zu ihr nach Hause, nach Garbatella, in ein großes, altes und lautes Mietshaus, das mir sehr gut gefällt, und an jenem Abend gefiel es mir besonders gut, ein wunderschönes

Studentinnenzimmer, eine wunderschöne wiedergefundene Wohnung.

»Was ist eigentlich los? Bist du verheiratet?«, fragte ich sie, endlich, in jener Nacht, beinahe schon morgens, und es war ein Witz, ein Scherz, aber während ich ihn aussprach, befürchtete ich, sie könne mit Ja antworten, ich könne womöglich recht haben.

Ich habe mindestens zweimal riskiert zu heiraten, während der schlimmsten Krisen mit meiner Ex-Freundin, in den dunkelsten Tagen der langen Agonie unserer Beziehung, als wir einander nicht mehr ertrugen, und nicht den Mut hatten, das zuzugeben. »Heirate mich«, bat ich jene Frau, ausgerechnet am Schluss, nach einem schrecklichen Streit, sie sagte nein, zum Glück, und fing an zu weinen, »Ich kann nicht«, sagte sie, »es hat keinen Zweck«, und weinte. Ilaria hieß sie, meine Ex-Freundin, die mich nicht heiraten wollte, das Schicksal belohne sie für diese Weigerung. Meinem Kollegen Portelli, der fünf Jahre jünger ist als ich, ist dasselbe passiert, nur dass seine Freundin unter Tränen, nach einem einstündigen, heftigen Streit, ja gesagt hat, und jetzt leben sie zusammen, in Tor di Quinto, und hassen sich noch mehr als vorher, mehr denn je.

»Ich habe einen Freund«, sagte sie. Wir rauchten beide, und rauchten weiter, in einer Mietskaserne in Garbatella, im Hochsommer, es herrschte eine Affenhitze, und eine Flasche Rotwein stand neben dem Bett, und ich goss mir ein

Glas voll, obwohl er zu stark für mich war, bei dieser Hitze. Ein Wein aus ihrer Heimat, der den Magen ausbrannte, aber ich fand, dass ich das jetzt brauchte, ja, unbedingt brauchte ich das, ich trank zwei Gläser davon, hintereinander weg, und sofort drehte sich mir der Kopf. »Wir sind dabei, uns zu trennen«, sagte sie zu mir, »er ist so etwas wie ein Ex-Freund«, sagte sie zu mir, und dann erklärte sie mir, dass sie seit vielen Monaten schon nicht mehr miteinander schliefen, sich nicht einmal mehr küssten. Ich antwortete nichts, ich dachte, dass es fünf Minuten dauerte, sich zu trennen, lediglich ein paar Sätze, und danach traf man sich nicht mehr, aber ich sagte nichts, ich nickte, dachte, dass es egal war, ich sah ihr in die Augen und fühlte so etwas wie eine große Zärtlichkeit, etwas in der Art, und ich umarmte sie, und spürte ihre dünnen Arme an meinem Körper, ihr mageres Becken, und ich küsste ihre Augen, und sagte so etwas zu ihr wie »Du bist wunderschön«, oder »Du gefällst mir so«, ich weiß es nicht mehr, aber es war nicht das, was ich eigentlich sagen wollte; da war noch etwas, aber ich wusste nicht, was.

Auch jetzt, in San Casciano, in dem kleinen, hässlichen Hotel Rosy, während wir unsere Taschen in dem hässlichen Zimmer verstauen, mit zwei Betten, die zu einem Doppelbett zusammengeschoben sind, dem riesigen Kruzifix an der Wand, auch jetzt, während wir über die Hässlichkeit dieses Hotels lachen, das wir einfach so gefunden haben, beim ziellosen Herumlaufen, auch jetzt, wo ich sie lachen sehe, und eine Zigarette anzünden, auch jetzt habe ich das Gefühl, etwas zu spüren, tief in mir, eine starke Zärtlichkeit vielleicht, und ich würde gern etwas sagen, aber ich weiß nicht was, oder wie. »Tu mir nicht weh, ich bitte dich darum.« Etwas in der Art, vielleicht. »Lüg mich nicht an.« Aber ich bin still.

Sie hat den Fernseher angemacht, Alice, ein paar Mal umgeschaltet, sie hat eine Sendung gefunden, in der es um Pollock geht, über das absurde Leben dieses nordamerikanischen Malers, seine Galeristin, seine Frau, die schlimmen Jahre des Alkohols und der Armut und dann die des internationalen Erfolgs. Ich hole einen Apfel aus dem Rucksack, lege mich aufs Bett, schließe die Augen. »Magst du Pollock?«, fragt mich Alice, und ich sage ja, »Klar«, sage ich, »sehr«, aber während ich es sage, wird mir klar, dass ich das nur sage, weil ich glaube, dass sie ihn mag, weil ich hoffe, dass ihre Meinung mit meiner übereinstimmt. Ich denke, dass ich mich nicht erinnere, ob mir Pollock eigentlich gefällt, dass ich mir diese Frage vielleicht überhaupt noch nie gestellt habe: ich habe einige seiner Bilder gesehen, glaube ich, in irgendeinem Museum, und einen Film über sein Leben, der mir gut gemacht schien, aber ob mir Pollock gefällt, das weiß ich nicht. Ich würde mir eine dieser Leinwände voller Farben kaufen, sicherlich, wenn ich das Geld dazu hätte, ich würde sie mir gern ansehen, morgens, auf dem Weg zur Dusche, aber ob sie mir wirklich gefällt, seine Malerei, wer weiß. ›Man sollte nichts den anderen zuliebe tun‹, sage ich mir, ›auch nicht für seine Geliebten, niemals‹, sage ich mir, ›diesen Fehler habe ich schon tausend Mal gemacht, das führt nur zu Katastrophen, sonst nichts‹, sage ich mir.

Und ein paar Monate später, als ich sie wiedersah, meine Ex-Freundin, Ilaria, sagte sie zu mir: »Erst hast du mich gefragt, ob ich dich heiraten will, und dann bist du auf einmal verschwunden, so mir nichts, dir nicht, ohne eine SMS, einen Anruf, ohne unsere Freunde nach mir zu fragen, einfach so«, sagte sie zu mir, »wir hätten heiraten können, und stattdessen haben wir uns getrennt, und du hast dich absurd verhalten, alles ausgelöscht, auf der Stelle und vollständig, du bist nicht normal«, sagte sie zu mir, »wirklich nicht.«

Heute Morgen, in Mailand, während mich ein Taxi vom Büro eines Kunden zum Hauptbahnhof brachte, habe ich sie angerufen, um zu fragen, ob sie in Termini war, ob sie rechtzeitig am Bahnhof gewesen war, um ihren Zug zu erwischen, und am Telefon sagte sie, Alice: »Überwachst du mich jetzt?«, und mir stockte der Atem; ich wollte sie nicht überwachen, ich wollte nur wissen, ob sie zu spät gekommen war und den Zug verpasst hatte, wie es manchmal passieren kann, mir stockte der Atem.

»Wer weiß, was mit den Leuten vom Bauernhof passiert ist«, sagt sie zu mir, Alice, »Wer weiß«, sage ich, dann frage ich sie, ob sie Wein trinken will, Weißwein, sie sagt ja, aber keinen weißen, sondern roten, aus der Gegend. Ich gehe zur Rezeption, in das Zimmerchen, das den Eingang zu dieser Art Hotel darstellt, sozusagen, und dort ist ein sympathischer Herr mit einem weißen, engen Hemd, den toskanischen Bauch gut sichtbar, ›Wer weiß, ob er der Besitzer ist oder ein Angestellter‹, frage ich mich, ›wer weiß, wer das wohl ist, der Besitzer des prächtigen Hotels Rosy in San Casciano‹, frage ich mich, ›wer weiß, wie viel es ihm einbringt, dieses glitzernde Refugium für Sünder‹, frage ich mich, und frage den Mann, wo die nächste Bar ist, er zeigt sie mir, am Ende der Straße, vor der Bank, ich finde sie gleich, kaufe eine Flasche roten toskanischen Weins, lasse sie mir entkorken, hole zwei Gläser, als ich ins Zimmer zurückkomme, sieht sie immer noch fern, es geht um den aktuellen Marktwert von Pollocks Bildern, ich reiche ihr die Flasche, streichle ihren Rücken und ihre Arme, ich sage zu ihr: »Ich weiß nicht, ob sie mir gefallen, die Bilder von Pollock.« Sie dreht sich um, starrt mit ihren Augen in meine, lacht, trinkt einen Schluck Wein, »Er ist schrecklich, Pollock«, sagt sie. »Ich meine, die Amerikaner sind schrecklich. Die Kahlo, Diego Rivera, die haben tausend Punkte Vorsprung vor Pollock«, sagt sie zu mir, dann lacht sie wieder, und streichelt meine Wange, und damit ist das Thema beendet.

›Sie wirkt älter als ich‹, denke ich, ›reifer. Sie wirkt mütterlich, manchmal, mir gegenüber‹, denke ich, und ich denke, dass ich acht Jahre älter bin als sie. Und ich denke, dass es mir unglaublich gut gefällt, wenn sie irgendjemanden oder irgendetwas mit zwei Sätzen liquidiert, absolut willkürlich, ohne wirklich zu argumentieren. »Das Kolosseum«, sagte sie einmal zu mir, eines Nachmittags, am Strand, »das sollten sie abreißen, auf der Stelle«, sagte sie zu mir, »es ist nur ein riesiges, protziges Verkehrshindernis, es ist immer grauenhaft restauriert worden, und heutzutage ist es lächerlich, inmitten der Autos, ein plumper Klotz. Und dann war es auch noch der Schauplatz der größten Gräuel der Antike, das kommt noch dazu.« Kolosseum: weg damit. Pollock: Daumen nach unten. Seit wir uns kennen, hat dieses Schicksal bereits Frank Sinatra, die Trulli, Mina, die Paella, Krieg und Frieden, Kieslowski, die Strände Siziliens, die Rolling Stones, La dolce vita ereilt.

Sie verkündet diese absoluten Urteile, dann sieht sie mich an und lächelt, und küsst mich, so wie sie es jetzt macht, sie küsst mich und knabbert an mir, die Lippen, die Zunge, und dann knabbere ich an ihr und küsse sie, die Lippen, die Zunge, und dann überall, lange Zeit, und dann schlafen wir miteinander, und lächeln uns dabei an, so wie jetzt.

Danach sagen wir nie etwas, nie.

»Wie viel Uhr ist es?«, fragt sie mich, als ich fast schon eingeschlafen bin. Ich taste nach dem Handy, schaue auf die Uhr, und es ist spät, und ich sage es ihr, und sie geht unter die Dusche. Sie gibt mir noch einen Kuss, bevor sie aufsteht. Eine SMS ist angekommen, auf dem Handy, ich habe nicht richtig hingesehen, eine SMS, die ich nicht lesen will. Ich wasche mich, ziehe mich an, wir gehen zusammen zu dem Fünfzigjährigen mit dem weißen Hemd, der uns anlächelt und uns die Ausweise zurückgibt, wir fragen ihn, ob er die Pizzeria kennt, in der wir das Hochzeitspaar treffen sollen, das zukünftige Hochzeitspaar.

Einmal, als Kind, war ich mit meinem Vater und einem seiner Freunde in einer Bar und sie unterhielten sich, sie gaben mir ein paar Münzen für Videospiele, als ich fertig gespielt hatte, stellte ich mich wieder zu ihnen und dieser Mann sagte zu meinem Vater mit sehr sicherem, sehr hartem und sehr intensivem Gesichtsausdruck: »Die Frauen«, sagte er, »wenn du die Kette zu locker lässt, sind sie weg.«

Dafür sind wir nach San Casciano gekommen: Eine Schulkameradin von Alice, eine ihrer besten Freundinnen aus dem Gymnasium, ist schwanger und heiratet, und die Feier wird nach einem indischen Ritus zelebriert, der zu irgendeiner indischen Religion gehört. Weiter wissen wir nichts: nur dass die Farbe Schwarz nicht als Glücksbringer gilt, und dass das Essen vegetarisch ist, und dass es keinen Alkohol gibt. Als wir in der Pizzeria ankommen, trinkt das Brautpaar jedoch gerade dunkles Bier, und die Verwandten der Braut Wein aus Apulien. Die Braut heißt Carlotta, ist im sechsten Monat und weniger schön, als Alice sie mir beschrieben hatte, aber trotzdem schön: der Teint rosa, der Bauch groß, die Augen grün, die Haare sehr kurz. Sie sieht nicht aus, als käme sie aus Apulien, und ihr zukünftiger Mann, Luca, noch weniger: er ist sehr blond, groß, sehr freundlich. Wir stellen uns vor, schütteln allen die Hände, setzen uns, Alice und ich direkt vor die Brautleute. Alle lächeln die ganze Zeit. Wir reden über Lucas Arbeit, er ist Unternehmensberater in Berlin, wo die beiden wohnen, darüber, wie sich die Stadt in den letzten Jahren verändert hat, über italienische Pizzerien im Ausland, Graphic Novels,

Trickfilme, Autoreklame, den Stadtteil Mitte und seine Kneipen. Alice fragt die Brautleute, wie sie das Baby nennen werden, Sara oder Maria Chiara, antworten sie.

»Aber dieser indische Ritus«, frage ich, irgendwann, »was ist das genau?«, die Brautleute drücken sich die Hände, sehen sich in die Augen, und lächeln, und sie sagt »Es ist eine lange Geschichte«, und erzählt sie, und in Wirklichkeit ist sie gar nicht so lang. Sie beginnt mit einem Buch, das Luca auf dem Dachboden seiner Mutter gefunden hat, eines Tages, als er ein altes Skizzenbuch seines Großvaters suchte, ein kleines Buch, in dem es um inneres Gleichgewicht ging, um Reinheit des Körpers, geistigen Frieden. »Er hat es gelesen, dann hat er es mich lesen lassen«, sagt Carlotta, »dort, auf jenen Seiten, habe ich Ideen, Vorstellungen gefunden, die ich immer schon in mir getragen hatte, ohne dass sie mir jedoch klar waren, bis dahin.«

»Zum Beispiel, dass die Reinheit des Körpers die Voraussetzung für geistige Gelassenheit ist, und dass man sie nur erlangen kann, wenn man kein Fleisch und keinen Fisch isst, keinen Alkohol trinkt, keine Drogen, keinen Tee oder Kaffee und keine giftigen Lebensmittel zu sich nimmt«, sagt Carlotta, »wir haben eine Zeit lang in Berlin zehn Stunden am Tag gearbeitet und uns mit Bier und Würstchen vollgestopft, und es ging uns schlecht«, sagt sie, »und dann haben wir den Weg zur Reinheit eingeschlagen, und es ging uns sofort besser«. Ich sehe Alice an, die aussieht, als würde sie lächeln, oder etwas in der Art. Ich frage mich, wie lange sie diese alte

Freundin schon nicht mehr gesehen hat, wie viele Jahre wohl vergangen sind, seit sie sich das letzte Mal getroffen haben. Carlotta erzählt, dass sie sich umgehört hatte, als sie schwanger wurde, und entdeckt hatte, dass man in der Toskana, in diesem Zentrum, nach dem Ritus dieses Zentrums heiraten konnte. Also haben Luca und sie dem spirituellen Meister eine E-Mail geschrieben und er hat sofort geantwortet, ganz freundlich, »Wir würden uns freuen, euch hier zu haben«, schrieb er, der Leiter, »um in diesem unserem Haus einen so großen Schritt auf dem Weg des Glaubens zu zelebrieren, den ihr gerade erst eingeschlagen habt.«

Ich frage mich, ob dieser Glaube derselbe ist wie bei den Typen, die mir manchmal in Rom und in Mailand auf der Straße begegnet sind, mit einer Tunika bekleidet und fast ganz kahl geschoren bis auf ein kleines Schwänzchen und mit einem entrückten Gesichtsausdruck. Ich stelle die Frage nicht, aber die Brautleute sprechen gerade jetzt darüber, sie machen sich lustig über diese Art von Kleidung und sie sagen, das sei zwar der Glaube, den sie gewählt haben, aber sie hätten nicht die Absicht, Mönche zu werden, ihr normales Leben aufzugeben, das nicht, und trotzdem, wer weiß, eines Tages würden sie vielleicht auch mitgehen, wenn sie soweit seien, und auf der Straße die Worte des Ordensgründers singen, zusammen mit den anderen Mönchen.

Sie sagen auch, dass es viel Unordnung auf der Welt gibt, und dass zu viele Leute ohne Ziel lebten, nur für die Befriedigung ihrer eigenen körperlichen Bedürfnisse, nur um mit irgendjemandem Sex zu haben, ohne Werte. ›Heilige Worte‹, denke ich, und bin froh über das Bier und den alkoholischen Frieden, ja. Die zukünftige Braut sagt gerade, dass sie Respekt für alle hat, aber dass Drogen, Prostitution und Untreue die Welt kaputt machen. Ich bekomme Lust, eine Menge Dinge zu sagen, aber ich tue es nicht. Ich sehe Alice an, die nichts sagt und ihre frühere Klassenkameradin anstarrt. Ich weiß nicht warum, aber ich muss Luca, den Bräutigam, unbedingt fragen, ob er weiß, was sein spiritueller Meister über Homosexualität denkt. Er nickt und sagt todernst zu mir, dass der Körper immer der Natur folgen muss, und dass der Gründer der Gemeinschaft denjenigen seiner Anhänger, die ihm gestanden hatten, von ihrem eigenen Geschlecht angezogen zu sein, vorgeschrieben habe, trotzdem »der Natur gemäß« zu heiraten, »Denn keiner«, erklärt mir Luca, »keiner, der sich zwischen einer naturgemäßen Liebe und einer, die gegen die Natur ist, entscheiden muss, würde die letztere wählen.« Die Braut nickt und lächelt. »Dieses System hat immer schon funktioniert«, sagt sie. Alices Augen sind noch weiter aufgerissen, »Oh Gott, Carlotta«, sagt sie, und dann nichts mehr. Nicht einmal Carlotta sagt etwas, nicht einmal ich: ein paar Sekunden lang herrscht Stille, dann versucht Luca die Konversation wieder aufzunehmen, sagt irgendetwas über Berlin und Rom, über die Wohnung, die sie kaufen wollen, am liebsten auf dem Land, sobald wie möglich. Ich sage, ich kann nicht anders, als zu sagen, dass ich, was mich angeht, ein Bedürfnis habe, ein physisches Bedürfnis, in einer Großstadt zu wohnen, mitten in einer großen, chaotischen Stadt: je mehr

Lärm es gibt, je mehr Leute in meiner Nachbarschaft herumkrakeelen, je später der letzte Betrunkene in meinem Viertel ins Bett geht, desto zufriedener bin ich. Ich bin mir nicht sicher, ob ich mit diesem Gedanken wirklich übereinstimme, aber ihn ausgedrückt zu haben, verschafft mir Genugtuung. Die Brautleute schütteln den Kopf, Luca versucht so etwas wie ein Lächeln, aber sie beschließen, dem nichts hinzuzufügen.

Es ist ein schöner Abend, Anfang September, wirklich schön, es ist warm, aber nicht heiß, und das Lokal ist gut eingerichtet, es ist, wie man so sagt, angenehm, und die Kellnerinnen sind nett, und da ist dieser Bauch, dieses neu angekündigte Leben, und keiner will streiten. Ich, vor allem, will nicht streiten. Ich drücke Alices Hand, unter dem Tisch, und von Zeit zu Zeit schiebe ich ihren Rock hoch, streichle ihr Bein, spüre ihre glatte, warme Haut, möchte sie schmecken. Ich sehe sie an, während sie den Bauch ihrer früheren Klassenkameradin ansieht, und ich denke, dass es eigentlich wunderschön ist, hier zu sein.

Ein paar Tage, nachdem wir uns wieder getroffen hatten, in die Pizzeria und dann zu ihr nach Hause gegangen waren, um miteinander zu schlafen, und sie mir gesagt hatte, dass sie einen Freund hatte, der eigentlich fast ein Ex-Freund war, ein paar Tage später, an einem Nachmittag, klingelte mein Handy und eine römische Nummer wurde angezeigt, und ich erriet sofort, wer das war, absurd, es war, als hätte ich es gespürt. Eine Männerstimme, »Ich bin der Freund von Alice«, sagte er, wie ich es vorhergesehen hatte, dabei konnte ich das nicht vorhersehen, und ich wusste nicht, was ich sagen sollte, nur »Ja«, ein Ja, das nichts bedeuten sollte. Dann sagte er, dass er Francesco heiße, und dass er mich treffen wolle, möglichst bald, das hieß, gleich, in einer halben Stunde, wenn mir das recht sei, denn er habe mir etwas Wichtiges zu sagen, in zwanzig oder dreißig Minuten in der Piazza Sant'Eustacchio, hinter dem Senat, wenn mir das recht sei, und ich sagte, ja, obwohl ich nein sagen wollte, aber mir kamen die richtigen Worte nicht und ich dachte auch, konfus, dass dieser Mann verrückt sein musste, und dass er mich vielleicht am Telefon beschimpfen würde, oder jeden Tag anrufen, mehrmals am Tag, oder mitten in der Nacht, das dachte ich ungefähr in jenem Moment.

Und ich ging gleich aus dem Büro, plötzlich und ohne jemandem etwas davon zu sagen, stieg auf den Roller und fuhr ins Zentrum, und währenddessen sagte ich zu mir selbst, dass ich das besser nicht tun sollte, dass es vollkommen sinnlos war.

»Ich liebe sie«, sagte er zu mir, sofort, noch während wir uns die Hand drückten, umgeben von Politikern und ihren Assistenten, Leibwächtern, ministeriellen Tagedieben, Touristen und Funktionären der Botschaften, die alle für den besten Kaffee Roms anstanden, »ich zweifle nicht daran, dass du ein anständiger Kerl bist, dass du dich in sie verknallt hast und dass du nichts Böses im Schilde führst, aber sie ist nun mal meine Freundin, und ich liebe sie.«

Seine Augen waren rot, er war groß und stark, mit einem beigen Hemd, einer schwarzen Jacke, einer schwarzen Krawatte, ich dachte, er sah aus wie einer, der gekokst hat und seit Tagen nicht schläft, ich lächelte ihn an, ich fragte ihn, was er beruflich mache, in der Hoffnung, er sei kein Polizist oder einer vom Militär, und er sagte »Anwalt«, und rief den Kellner mit einer Art Schrei, und fing gleich wieder an zu sagen, dass er sie liebe, dass sie Probleme gehabt hätten, er und Alice, wie es eben vorkommt, nichts Schlimmes, und dass es ihm leidtat, dass er mich bis ins Zentrum hatte kommen lassen, aber dass er deutlich sein wolle, um Probleme zu vermeiden, um alles klarzustellen, damit seine Position klar sei, und dann fluchte er, und sagte, dass es schwierig sei mit dem Mädchen, dass sie ein schwieriges Mädchen sei, dass sie Probleme habe, von denen ich nichts wusste, aber dass er ihr helfe, dass er sie wirklich liebe, und dass sie ihn tatsächlich brauche, und dass er ein netter Mensch sei, wie dieses Treffen beweise, der Kaffee, den wir zusammen tranken, wie zivile Menschen, nett und zivil, und dass er wisse, dass er mir nichts vorwerfen konnte, im Grunde, denn wir waren uns nie begegnet, vor diesem Mal, und jetzt, also jetzt kannten wir uns, und ich wisse, wie die Dinge stünden, und würde sicherlich verstehen und mich so verhalten, wie es richtig war. Dann war er plötzlich still, wie entleert, trank seinen Kaffee, sah auf die Uhr, und schien zu erwarten, dass ich etwas sagte.

›Du musst ganz schön viel gekokst haben, in letzter Zeit‹, dachte ich, ›und wirklich wenig geschlafen‹, dachte ich, und klar, ich hatte Mitleid mit ihm, in gewisser Weise. Er war groß, stark und gut aussehend, mit einem schönen Gesicht und großen, leuchtenden Augen, und er sah aus wie ein Sieger, in gewisser Weise, und er litt, aber er versuchte zu reagieren, aktiv zu sein, sich nicht von den Ereignissen überrollen zu lassen. Er war ein Tiger im Käfig, nervös und ohnmächtig, aber strotzend vor Energie, und er musste irgendein amerikanisches Handbuch gelesen haben, einen Ratgeber für schwierige Situationen, für Beziehungskrisen. »Wie begegne ich meinem Rivalen auf effektvolle und dynamische Weise, und dominiere verbal«; die Schuld lag nicht bei mir, wie er gesagt hatte, keiner war schuld, es war eine negative Phase, ein zyklisches Problem, eine Negativität, die man angehen musste, und überwinden, klar.

›Leider nein, denn wir sind ja keine Gegner‹, dachte ich, ›ich kenne dich nicht und habe nichts mit dir zu schaffen‹, dachte ich, und mir fiel ein Roman ein, aber undeutlich, oder war es ein Film: eine Geschichte, in der ein Erzähler sagte, mehr oder weniger, dass zwischen zwei Personen, die mit derselben Frau geschlafen haben, eine Beziehung entsteht, ein Band, das sich unabhängig von den Absichten der beiden knüpft. »Bettgenossen« zu sein, »Co-Schläfer«, etwas in der Art, bezeichnete in dem Roman, oder Film, dass zwei Leute mit derselben Frau große Intimität erlebt haben. ›Leb wohl, mein Co-Schläfer‹, dachte ich, ›es ist Zeit, ins Büro zurückzugehen‹, dachte ich, und stand auf, abrupt, und sagte ihm, hastig, dass es ein Vergnügen gewesen sei, ihn kennenzulernen, ein echtes Vergnügen, und dass ich ihm viel Glück wünschte, und ich gab ihm die Hand zum Abschied, und er gab mir seine, im Sitzen, und dabei kniff er die Augen zusammen, als wolle er sich und mich fragen, was da eigentlich passierte, als sei er unentschieden, wie er sich verhalten sollte, überrumpelt, dann stand er auf, er war etwa fünfzehn Zentimeter größer als ich, und sagte: »Dann sind wir uns also einig?«, sagte er und gab meine Hand nicht frei, und ich sagte nichts, zog meine Hand aus seiner, Francescos, des Co-Schläfers, und ging.

»Selig die, die wissen«, sagt Alice zu mir, »selig die, die ein Licht gesehen haben, und alle Antworten kennen.« Sie sagt es ganz neutral, und mir ist nicht klar, ob der Satz sarkastisch gemeint ist, oder ob sie wirklich sagen wollte, dass diese beiden, die Brautleute und neuen Gläubigen, zu beneiden sind. ›Vielleicht beides‹, denke ich, ›was wird von mir übrig bleiben, von meinem irdischen Dasein?‹, kommt es mir in den Sinn, und am allerletzten Tag ist es egal, ob du ein Unternehmensberater bist, ein Anwalt, ein Werbekaufmann oder ein Biologe, ganz egal.

Die SMS, die auf meinem Handy ankam, heute Nachmittag, und die ich gar nicht lesen wollte, die SMS lautete: »Du bist ein Drecksack«, unterschrieben war sie mit: Francesco.

Die Meinungen, die ich in meinem Dorf gehört habe, als ich klein war, als ich heranwuchs, die Meinungen, die ich im Lauf der Jahre gehört habe, tausend Mal, über Frauen, über Liebe, Treue und Betrug, darüber, wie man sich behauptet, keine Angst hat, über Besitz und Mut, die habe ich alle gelöscht, ich, in meinem Kopf, eine nach der anderen habe ich sie analysiert und alle für falsch befunden, alle grundsätzlich falsch, anmaßend und falsch, kategorisch und falsch: ich habe sie gelöscht, und habe nichts gefunden, was ich an ihre Stelle hätte setzen können.

Eines Abends, als ich mit ein paar Kollegen in einer Pizzeria in der Via Oslavia war, und auch einer unserer Chefs aus Mailand dabei war, der einen wichtigen Kunden treffen musste, und ich beschwipst war und gerade einen Kollegen nachmachte, der in Rente gegangen war, und alle lachten, und sagten, meine Imitation sei perfekt, und wir auf den Rentner und sein Glück anstießen, an jenem Abend, gegen elf, rief Alice an, ich hatte seit drei Tagen nichts mehr von ihr gehört, ihre Stimme klang ängstlich, man hörte Schreie, von ihr, zuschlagende Türen, und sie sagte zu mir: »Kannst du mich abholen, sofort?«, und ich fragte sie, wo, und was los sei, und sie gab mir die Adresse, eine Gasse in der Nähe der Piazza Trilussa, und sie sagte, ich solle nicht mit meinem eigenen Auto kommen, sondern ein Taxi nehmen, und sie anklingeln, wenn ich dort sei, und so machte ich es, ich nahm ein Taxi und fuhr hin, ließ ihr Handy klingeln und sagte zum Taxifahrer, er solle parken, und als er den Motor ausmachte, hörte ich die Schreie, »Drecksack«, »Verdammtes Aas«, ihre Stimme und die eines Mannes, und Teller, die zerbrachen, »Hure«, »Idiot«, und Gläser, die zerbrachen, und ich musste beinahe lachen, weil ich ziemlich beschwipst war, und die Szene genau wie in einem Film, »Du spinnst, du bist verrückt«, hörte man, die Leute blieben auf der Straße stehen und sahen zum zweiten Stock des Hauses hoch, lauschten den wütenden Schreien, »Arschloch, Arschloch, Arschloch«, und Gegenstände flogen durch die Luft, und ich stand da und wusste nicht, was tun, dann flog ein großer, schwerer Aschenbecher aus einem der Fenster und verfehlte nur ganz knapp einen Passanten und traf die Scheibe eines parkenden Autos und zertrümmerte sie und der Alarm ging los und der Taxifahrer fluchte und drehte sich nach mir um und sagte, er habe nicht die Absicht, dort stehen zu bleiben und einen Blumentopf auf die Windschutzscheibe zu kriegen und dass die Stadt voller Verrückter war, die man besser ins Irrenhaus stecken sollte, und dass er keine Scherereien wolle und dass er jetzt weg wolle und dass ich aus seinem Taxi aussteigen solle, und ich wollte gerade etwas entgegnen, aber genau in dem Moment kam Alice aus der Haustür, das Gesicht mit einem Seidentuch verhüllt, mit einem langen schwarzen Rock, Sandalen und T-Shirt, sie stieg ins Taxi und ich sagte dem Fahrer, er solle losfahren, sofort, und gab ihm meine Adresse, und als ich Alice umarmte und versuchte, sie zu küssen, wich sie zurück und ich sah, dass sie einen blauen Fleck hatte, direkt über dem rechten Auge, und sie weinte, und sagte nichts, und ich drückte ihre Hand, ganz langsam, und küsste die Hand, nur die, und sagte ihr, sie solle sich beruhigen, alles sei gut, sie solle sich beruhigen, und der Taxifahrer sah uns im Rückspiegel zu, aber er sagte nichts, er schüttelte nur den Kopf.

Es ist heiß heute Morgen, ich habe das weiße Leinenhemd angezogen, das ich am Strand gekauft habe, zusammen mit Alice letzten Monat, ich binde meine Haare zusammen und sie sagt, dass ich perfekt bin als Spion in der Sekte, dass ich tatsächlich aussehe wie ein Sektenmitglied, sie trägt einen weißen Rock mit blauen Blumen, ein blaues T-Shirt, Glitzerlidschatten, wir sind zwei perfekte Blumenkinder im Paradies des Friedens und der Glückseligkeit, bevor wir losgehen, rauchen wir noch etwas, aber wenig, und sehr leichtes Zeug, und wir küssen uns.

Es ist nicht so, dass ich nicht mehr an sie gedacht hätte, an Ilaria, meine Ex, mit der ich fünf Jahre zusammen war, nachdem wir uns getrennt haben, nicht, dass ich nicht unheimlich viel an sie gedacht hätte, jeden Tag, und schmerzlich: die Sache ist, dass mir nichts einfiel, was ich ihr sagen wollte, ich hatte das Gefühl, dass wir uns schon alles gesagt hätten, bis zum letzten Wort, dass nichts mehr hinzuzufügen sei.

Es werden keine Ringe getauscht, aber die Brautleute umwickeln sich gegenseitig die Hände mit einem roten Band, und sagen einen Spruch auf über ewige und unauflösliche Liebe, es gibt nicht die Frage des Pfarrers »Willst du, Luca, Carlotta zur Frau nehmen« und so weiter, aber es ist dasselbe: der spirituelle Meister hält eine endlos lange Predigt, in der er sagt, dass man dem Herrn Liebe schenken muss, und dass Treue das größte aller Geschenke ist, und dass die Leidenschaft vergeht, aber der Trost bleibt, die Unterstützung, die man einander leistet, und dass der, der glaubt, in einem Dreieck wächst mit dem Höchsten Wesen und seiner Güte.

Diese Sätze habe ich tausend Mal gehört, die tausend Male, die meine Onkel, Tanten und Cousins geheiratet haben, ich frage mich, inwieweit der Meister schummelt, inwieweit er versucht, diesen indischen Ritus den europäischen Standards anzupassen, inwieweit er versucht, diese Heirat für die Verwandten der Braut vertraut und akzeptabel zu machen, die des Bräutigams sind gar nicht erst gekommen.

›Selig die, die alle Antworten haben‹, kommt es mir in den Sinn.

Ich bin ihm gefolgt, an jenem Tag, an dem wir uns getroffen haben, ich habe mich in der Piazza Sant'Eustacchio von ihm verabschiedet und so getan, als würde ich in die andere Richtung weitergehen, aber dann bin ich ihm nachgerannt, bis ich ihn eingeholt hatte, und habe das Nummernschild seines Motorrollers aufgeschrieben, und ihn sogar fotografiert, meinen Co-Schläfer, mit dem Handy habe ich ein Foto von seinem Gesicht gemacht, und dann bin ich zu einem Freund gegangen, der eine Detektei hat, und habe ihm gesagt, er solle mir alle Informationen besorgen, die er über diesen Mann kriegen kann, und das hat er getan.

Carlotta hat ein rotes Kleid mit lauter Rüschen, Stickerei und Pailletten an, er eine goldene Tunika aus dickem Stoff, zumindest sieht es so aus, ich stelle mir vor, dass er umkommt vor Hitze, der arme Bräutigam, wir sind im Festsaal einer großen alten toskanischen Villa aus dem Cinquecento, dem Vermächtnis eines Glaubensbruders, vielleicht, die wie ein indischer Tempel ausgestattet ist: es gibt Bilder mit indischen Motiven und Lampen mit indischen Formen und eine lebensgroße Statue des Gründers der Glaubensgemeinschaft.

Er ist neben mir, der Gründer, in Meditationshaltung und mit rasiertem Schädel, eine unheimliche Statue, die mit roten Tüchern und goldenen Wimpeln geschmückt ist. Im Raum sind etwa zwanzig Gläubige, Männer und Frauen mit ekstatischem Gesichtsausdruck, sie singen heilige Lieder und wiederholen die Gebete, die der Meister vorbetet, sie rufen den Herrn an und die Reinheit der Liebe, so kommt es mir zumindest vor.

Sie hat mir nie davon erzählt, Alice, was in der Wohnung hinter der Piazza Trilussa passiert ist, von ihrem blauen Flecken und dem Aschenbecher, nichts, kein einziges Wort.

Er geht jeden Sonntag ins Stadion, mit einer Gruppe von ehemaligen Schulfreunden, er spielt Squash, er arbeitet in der Kanzlei eines Onkels; an der Uni hat er sich politisch engagiert, danach hat er damit aufgehört, der Vater hat einen Tabakladen, vor Alice hatte er eine Freundin, die ihn eines Tages wegen Körperverletzung und versuchter Vergewaltigung angezeigt hat, später hat sie die Anzeige zurückgezogen. »Über die Fußballfreunde sage ich dir lieber nichts«, sagte mein Detektiv-Freund. »Stell dir das Schlimmste vor, und du liegst richtig«, sagte er, dann zeigte er mir Fotos von denen, seinen Hooligan-Freunden, und mir wurde klar, dass er recht hatte. »Das ist keiner, mit dem ich etwas zu tun haben möchte«, sagte mein Freund, »und vor allem würde ich ihn mir nicht als Freund für meine Tochter wünschen, vorausgesetzt, ich hätte eine«, sagte er, und fing an zu lachen, dann sah er, dass ich nicht lachte, und hörte auf.

In der Mitte, zwischen den Brautleuten und dem Meister, ist eine Art Scheiterhaufen, wo der Meister, wie man uns erklärt, ein Feuer anzünden wird, das reinigt und Glück bringt, das Holz fängt an zu brennen und die Hitze wird noch stärker, unerträglich, es hat bestimmt vierzig Grad hier drin, und das Brautpaar und die Gäste werfen Reis und Korn und Früchte in die Flammen, als Opfergaben, glaube ich, sie schwitzen und lächeln und werfen die Gaben der Erde ins Feuer, ich stehe auf und gehe hinaus, ich werde sonst noch ohnmächtig, es ist zu heiß, mein Gott, ich gehe ins Freie und schöpfe Luft, der Wald um die Villa hilft mir, dort sind Mönche, die ruhig und langsam spazieren gehen, und Pfauen und Katzen, ein prachtvoller toskanischer Garten und ein prachtvoller Blick über die Hügel von San Casciano.

›Wenn er mir diese SMS geschickt hat‹, sage ich mir, ›wird er sie auch ihr geschickt haben‹, ich sehe Alice an, die mich ansieht, vom Saal aus, auch sie wirft Korn ins heilige Feuer, sie zieht eine Grimasse, wie um zu sagen, dass sie es nicht mehr aushält, diese Feier, ich frage mich, ob sie noch Kontakt haben, sie und Francesco, manchmal, oder oft, oder jeden Tag, oder mehrmals täglich, ich frage mich, ob sie ihm gesagt hat, dass sie zu einer indischen Hochzeit fährt, und was er gesagt haben könnte, ich frage mich, was ich tun soll, und ich weiß, dass ich nichts tun kann: sie hat mir gesagt, dass sie sich nur noch zwei Mal getroffen haben, nach der Nacht an der Piazza Trilussa, den Schreien auf der Straße und dem Aschenbecher, der aus dem Fenster geflogen ist, sie hat mir gesagt, dass es nicht leicht ist, jemanden wie Francesco zu verlassen, ihm die Lage klarzumachen, dass er nicht zuhört, dass ich mir das nicht vorstellen könne, wirklich nicht, und tatsächlich kann ich das nicht, und will es nicht, und ich weiß nicht, wie auch immer, ich weiß nicht.

»Ich halte das nicht mehr aus«, ich drehe mich um, es ist Carlottas Bruder, »ich gehe nie in die Kirche, nicht einmal, wenn Verwandte von mir heiraten, es tut mir nicht gut, die Predigten anzuhören, aber das hier ist noch schlimmer, diese Messe hört überhaupt nicht mehr auf«, sagt er zu mir, er trägt eine Sonnenbrille und ein rosa Hemd und ein enges Jackett, man sieht die Schweißflecken unter den Achseln, auf dem Bauch, sein Gesicht ist nass geschwitzt, er trocknet es mit einem Taschentuch ab, prustet, »die haben wenigstens eine Sommeruniform«, sagt er zu mir, und zeigt auf eine Gruppe Mönche, die in ihren leichten Kutten unter einem Olivenbaum sitzen und von Papptellern essen, »weißt du, was das Schlimmste ist?«, sagt er zu mir, ich frage, was das ist, das Schlimmste, und frage mich, ob es etwas Schlimmeres geben kann als die vierzig Grad im Saal, das heilige Feuer und die indischen Gesänge, ich frage mich, was meine Mutter dazu sagen würde, wenn ich nach indischem Ritus heiraten würde, was für Gesichter Onkel Rinaldo und Onkel Mariano machen würden, wenn ihre Tochter in einer toskanischen Villa heiraten würde mit zwanzig Gestalten, die den Segen einer mit Gold behängten Statue erbitten, indem sie Lieder in einer unverständlichen Sprache singen, ohne einen Priester und ohne ein Kruzifix, ich stelle mir meinen Vater vor, falls meine Schwester sich für so etwas entscheiden sollte, ich stelle mir alle meine Verwandten vor, einen nach dem anderen, ihren stummen Sarkasmus und ihr Unbehagen, ich frage mich, warum ich nicht einfach alles lächerlich finden kann, diese bunten Kleider und diese verkleideten Italiener, diese heiligen Sprüche von einem anderen Kontinent und die friedliche und süßliche Miene des Meisters, seinen Tonfall, der derselbe ist wie der des Pfarrers in meinem Dorf, ich frage mich, ob die Mutter der Braut gerade ein Lachen oder ein Weinen unterdrückt, ob diese ganze Inszenierung auch ihr entsetzlich lächerlich erscheint oder ob sie mittlerweile denkt, dass die Religionen alle gleich sind, solange sie Liebe und ein feierliches Versprechen auf die Ewigkeit der Liebe beinhalten: Ewigkeit, Unauflösbarkeit, für immer, von heute an bis zum Ende meiner Tage, mit dir und nur mit dir, wie sehr wir das glauben müssen, wie sehr uns das tröstet, in guten Tagen und in schlechten, auch wenn wir irgendwann fett sind, gelangweilt, des Körpers des anderen überdrüssig, auch dann für immer, unsere Liebe.

Ich frage mich, ob die Brautleute wirklich überzeugt sind von dem, was sie getan haben, von diesem Glauben, oder ob es zu schnell ging von der Entdeckung jenes Buchs bis heute, und ob sie sich selbst überzeugen müssen, das zu tun, was sie gerade tun, ob sie in fünf Jahren, wenn sie im Wohnzimmer die Videos von diesem Tages wiederfinden und sie ansehen, lachen werden über den Wahn, der sie gepackt hatte, ich frage mich, was Alice macht, und ob sie mich liebt, und wo Francesco ist, der dynamische Anwalt, mein Co-Schläfer oder Ex-Co-Schläfer.

»Das Schlimmste ist, dass wir beim Essen nichts Alkoholisches trinken können, nicht einmal ein Glas Wein«, sagte er zu mir, der Bruder der Braut, und er ist wirklich besorgt, bedrückt, verzweifelt. »Nicht einmal einen Schluck Sekt, zum Anstoßen«, sagt er zu mir, »da sind mir die Pfaffen lieber«, sagt er zu mir, »ich weiß nicht, wie du das siehst, aber meiner Meinung nach, mit all ihren Fehlern, also dass sie nicht arbeiten, und ich mag keine Leute, die nicht arbeiten, trotz alledem sind mir die Pfaffen immer noch lieber als die hier«, sagt er zu mir, und ich muss lachen, dann drehe ich mich um und sehe ihn, den Anwalt und Ex-Freund, da steht er, groß und braun gebrannt, athletisch und elegant gekleidet, er schüttelt den Kopf und lächelt, eigentlich ist es kein Lächeln, sondern eher ein sarkastisches Grinsen, ich sehe Alice schnell zu mir laufen, sie will etwas sagen und ich stehe in der Mitte zwischen den beiden, sie kommen auf mich zu, oder vielleicht auch nicht, vielleicht gehen sie nur aufeinander zu und ich befinde mich zwischen ihnen, an einem Punkt, der genau in der Mitte der Distanz zwischen den beiden ist, und wie auch immer, ich stehe und sie laufen, sie bewegen sich aufeinander zu; ich sehe sie an, und ihn, er spricht zuerst, aber er spricht nicht, sondern schreit, schreit, dass sie still sein soll, »Sei still«, schreit er, »sei still«, und er flucht, und schon ist er bei mir und hat mich überholt und geht auf Alice los und gibt ihr eine Ohrfeige, mit aller Wucht, und noch eine, ich höre das Geräusch seiner Hand auf ihrer Wange, er schreit, dass sie still sein soll und mit ihm mitkommen, ich werfe mich gegen seine Schultern, die groß sind, schubse ihn, so fest ich kann, ich schaffe es nicht, ihn zu Boden zu werfen, ich kann ihm gar nichts anhaben, er dreht sich um, Francesco, mein Co-Schläfer, kneift die Augen zu und sagt, dass jetzt ich dran bin, und schlägt mir mit der Faust in den Bauch, und ich krümme mich zusammen, mein Bauch platzt, und ich sehe nichts mehr, ich höre nur noch, dass er schreit, dass er mich umbringt, nein, dass er mich nicht umbringt, dass er sich nicht die Hände schmutzig macht mit einem wie mir, und dass sie jetzt diesen Ort für Bescheuerte verlassen und nach Rom zurückfahren und dass er nichts mehr hören will, so schreit er, ich bekomme Ohrensausen und liege am Boden, zusammengekrümmt, und ich schmecke Blut, so kommt es mir vor, und ich sehe zwei Mönche auf mich zukommen, und den Bruder von Carlotta, der etwas zu mir sagt, und den Meister, der aus dem Festsaal gekommen ist und fragt, was los ist, und einen Pfau, der vorbeispaziert, und eine Katze, die sich sonnt, und dann sehe ich nichts mehr, ich werde ohnmächtig, jetzt, und das war's.

Süden

Er öffnet das Fenster in der Überzeugung, es sei noch Nachmittag, jener Teil des Tages, der dem frühen Abend vorangeht, stattdessen ist es kurz vor Sonnenuntergang, er hat mindestens drei Stunden gearbeitet; er sieht auf die Uhr, es ist acht: das Licht, das in sein Zimmer dringt, ist das mildeste, was man sich vorstellen kann, das wahre Licht einer Insel des Südens, wenn der Sommer einen noch nicht mit seiner Hitze erschlägt, wenn die Stadt ihre Schönheit mit ihren Einwohnern teilt und den wenigen Reisenden, die wirklich verliebt sind in diesen Teil der Erde.

Er hat drei Stunden gearbeitet, still und allein, er hat gekämpft, damit jeder Satz sitzt, jeder Gedanke; auf einmal fühlt er sich müde und leer, keiner hat angerufen, um mit ihm auszugehen, Mila hat nicht angerufen, sie hat schon seit zehn Tagen nicht mehr angerufen; er könnte allein zur Bar mit den Tischen davor gehen, ein paar Worte mit den Kellnern wechseln, aber er hat das Gefühl, dass das ein Eingeständnis einer Niederlage wäre, seiner ewigen Niederlage.

Die Möwen kreischen laut, hinter dem Fenster; gestern Abend hat der junge Mann das Buch eines Freundes in einem Dorf in der Nähe vorgestellt, sie sind mit einem alten Erzähler aus der Gegend essen gegangen, einem großzügigen, nicht mehr jungen Mann, er hat still gegessen, müde von den immer gleichen Reden über die Dörfer, die nur die schlechten Seiten der Großstadt übernehmen, über schnelle Autos und den Mangel an Respekt und über kurzlebige Freundschaften.

Er steckt sich eine Zigarette an und raucht am Fenster, die roten Dächer und der knallgelbe Glockenturm seines Viertels wie verzaubert, in der Zeit fest verankert, er spürt etwas in sich, was ihn zum Weinen bringen würde, wäre er nicht daran gewöhnt, allein zu sein und mit seinen Geschichten weiterzumachen.

Er denkt an ein fernes Mädchen und an den Nachmittag, an dem sie sich begegnet sind unter der Sonne Neapels, daran, wie sie sich heftig umarmt hatten, ohne zu wissen, wohin sie führen sollte, diese Umarmung; er denkt an die vielen Male, die sie sich auf Augen und Hände geküsst haben; an ihre Liebe, die vom ersten Moment an perfekt und ohne Regeln war, so dass es keine Angst vor der Zukunft und vor der Distanz gab, daran, wie lange sie dann angehalten hat, diese Distanz, wie sie immer härter und schwieriger wurde, bis zu diesem Nachmittag, an dem Mila nur noch eine unrealistische Hypothese einer Beziehung ist, tausend Kilometer entfernt, abtrünnig geworden durch die Leidenschaft für ihre Kunst und ihr erfolgreiches Vorsprechen und die wichtigste Schule Europas; er denkt an ihre zigtausend Gespräche über die Versklavung der Kunst und welche Lebensentwürfe in ihrer Heimat möglich waren und welche woanders, über den Mut, zu bleiben, und den, zu gehen.

›Es ist ein Spätnachmittag wie im Bilderbuch‹, kommt ihm in den Sinn, während das Telefon anfängt zu läuten; ›Es ist ein Nachmittag einer Stadt des Südens, *unter dem aufziehenden Mond singen die Möwen Liebeslieder für die, die sie hören wollen*‹; wäre ihm das eine Stunde früher eingefallen, so ein Satz, wäre er in der Geschichte gelandet, die er gerade zu Ende gebracht hat, ein alter, kranker Schauspieler und eine wunderschöne Kellnerin mit einem fatalen Namen, und Sand und Palmen, aber jetzt ist es zu spät, jetzt gelten die Sätze ihm, seinem wahren Leben.

Er geht ans Telefon, enttäuscht, als es eine Männerstimme ist, es ist sein neuer Freund und Kollege, ein Journalist, der zehn Jahre älter ist als er, allein wie er, er schlägt ihm vor, eine Pizza essen zu gehen, der junge Mann ist sofort dabei; ›Mein Freund‹, sagt er zu ihm in Gedanken, ›Wir sind nicht die Richtigen für diese Stadt, wir haben nicht ihr Lächeln und ihre Fröhlichkeit und die Lust und die Kraft, mit allen befreundet zu sein, ich zumindest nicht.‹

»In den Sonnenstädten trifft man auf die schwankenden Schritte der gebräunten Narren«, er schreibt den Satz auf ein Blatt, unter den mit den Möwen und dem Mond; ›Ich werde zum Dichter‹, sagt er sich, ›Ein armer Poet, wie alle Dichter, von Gedichten kann man nicht leben, keiner liest Gedichte, sie sind wie eine Droge, die verschenkt wird und die keiner will, mit deprimierender Wirkung, die keiner braucht.‹

»Mein Gott«, ruft der junge Mann beim Anblick des Sonnenaufgangs und der alten Dächer aus, er spürt, wie etwas an ihm zittert, die Hände oder der Kopf, er wählt ein dünnes Hemd, eine Hose, geht zur Dusche; auf halber Strecke erscheint vor ihm wieder das lachende Gesicht der fernen Frau, die er sein Leben lang lieben wird, die Möwen kreischen laut, dort draußen, lauter als sonst.

El Presidente

Es war höllisch heiß, und das war es vor allem, was ihr zusetzte, dieses unerträgliche, verdammte Klima, ein bedeutungsloser Staat im Süden der Welt, zu jeder Stunde heiß, jeden Tag, jeden Monat des Jahres, eine Hitze, die einen nur mühsam atmen ließ, nur mühsam laufen, nur mühsam denken.

El calor, el gran calor jodido, das vor allem machte ihr zu schaffen, siempre, ihr, die sie in einer römischen Wohnung aufgewachsen war, den vier Winden ausgesetzt, mit lauter Terrassen und Balkonen und Geranien und Kletterpflanzen, und das Wochenende am Circeo, und im Sommer auf einer traumhaften Insel gegenüber von Afrika; der Ort, an dem sie jetzt lebte, hatte nichts Schönes: keine antiken oder mittelalterlichen Ruinen oder Museen oder bedeutende Kunstgalerien: nur Fernsehserien und Korruption, amor y guitarras, Vekehr und Armut; und die Hitze, siempre, und Körperausdünstungen und Schweiß und welke Blumen und Staub und Schlamm und stehenden Rauch.

Sie hieß Linda und war so aufgewachsen, wie es sich gehörte: still, wohlerzogen und sauber, ein hübsches Kind, das gute Noten hatte, Tennis- und Klavierunterricht bekam;

keiner hätte geahnt, dass sie einmal das werden würde, was sie war: eine der total verschwitzten Geliebten dieses Mannes und ein Gesicht, das alle aus dem Fernsehen kannten in diesem kleinen Staat aus Palmen und Kakteen, Sonnenhitze und ständig drohenden, angekündigten, verhinderten Revolutionen.

Sie war immer noch so schön, wie sie es als Kind gewesen war, aber sie war kein Kind mehr, sie hatte nichts mehr gemein mit der niña, die sie einmal gewesen war, und das wurde ihr in diesem Moment klar, zum ersten Mal formulierte sie diesen Gedanken: dass sie eine große, verlorene mujer war, oder vielleicht auch nur eine große, ›Keiner verirrt sich für immer und vollkommen‹, dachte sie, ›ich bin vielleicht nicht mehr die kleine, wohlerzogene, dünne niña meiner Heimat, aber trotzdem bin ich nicht verloren, no estoy perdida, warum denn auch?‹, in diesem Moment öffnete er die Schachtel und ihr Blick fiel auf den Samt, und das neue Geschenk, noch ein Armreif, hemmungslos funkelte Diamant an Diamant.

Der sechsmalige Präsident des Ministerrats, der Commendator Álvaro Fernández Rojas, der reichste und berühmteste und mächtigste hombre des Landes, der wichtigste der gesamten Geschichte des Landes von der Ankunft der spanischen Vizekönige bis heute Morgen, ein dürrer, jähzorniger Mann, der meistgehasste Politiker aller Zeiten, abgöttisch geliebt und studiert und interpretiert und verflucht und angeklagt und freigesprochen und kopiert und umschmeichelt und dargestellt und interviewt und verehrt; ›Ich liebe dich‹, wollte sie zu dem hombre sagen, denn es stimmte, sie liebte ihn, ›Te quiero‹, wollte sie sagen, aber sie tat es nicht. »Du bist wunderschön«, sagte stattdessen er, aber das bedeutete nicht viel. Er hingegen war besessen von dem Wunsch, schön zu sein, schön, oder jung, was auch immer, zumindest noch für eine Weile, aber es gelang ihm nicht.

Ihr hingegen schon, sie war wunderschön, das wussten alle, in diesem Staat und in den angrenzenden: sie war eine der außerordentlichsten Schönheiten, die die televisión jenes Kontinents jemals in den Himmel gehoben hatte, sie war eine atemberaubende Schönheit: Italienerin, gebildet, groß und kurvenreich, grüne Augen und rote Haare; »die Frau vom Fernsehen«, so wurde sie von allen genannt, oder auch »Linda«, ihr wahrer Name, den beizubehalten sie sich nicht gescheut hatte, bei allem Erfolg, aller Berühmtheit, die sie irgendwann erreicht hatte, immer mehr, immer unbändiger, »la hermosísima Linda«, schrieb die Regenbogenpresse, oder auch »la Italiana«, wie die Fernsehzeitschriften sie nannten.

›Im Grunde liebe ich dich wirklich‹, wollte sie dem Mann sagen, obwohl sie wusste, dass sie das lieber nicht tun sollte, dass es nicht richtig war, dass sie ihm auf diese Weise noch mehr Macht, noch mehr Gewalt über sie geben würde; sie hatte sehr früh im Leben gelernt, dass zwischen Mann und Frau immer auch ein Machtkampf stattfindet, wer mehr abbekommt und wer weniger, wer den anderen mehr leiden lässt, vor allem in diesem heißen und erbarmungslosen, schwitzenden und grausamen Teil der Welt, und sie wusste, dass sich auszuziehen, sich wirklich zu zeigen, »Ich liebe dich«, zu sagen, dass man das nur sehr selten tun durfte und niemals mit Männern wie diesem, nicht mit El Presidente, dem Besitzer des Fernsehsenders, der sie groß gemacht hatte und der Produktionsgesellschaft, in deren Filmen sie mitspielte, einer Fußballmannschaft und einer Getränkefabrik, einer riesigen Ranch und einer Marke von Sportartikeln, das war nicht der Mann, bei dem man sich wirklich ganz ausziehen konnte, dem man seine Liebe gestehen konnte, ganz bestimmt nicht.

»Du weißt doch, dass ich diese Leute nicht ertragen kann?«, fragte er, und sie wusste es: nichts an ihnen ertrug er, nichts, er würde zwei Stunden lang darüber reden, El Presidente, was er an ihnen nicht ertrug, an diesen maricones, diesen Verfluchten, diesen Idioten, diesen infantilen Profihassern; sie konnte sie auswendig, seine Wutanfälle, die Schmähreden, die ihn angespannt, nervös, aufgebracht werden ließen, und nach denen sie sich eine Stunde lang Mühe geben musste, ihn wieder zur Fasson zu bringen; »Sie sind neidisch, das vor allem ertrage ich nicht, diese Art, keine Ruhe zu geben, weil jemand das hat, was sie nie haben werden, und das ist der Grund, warum sie sich jede erdenkliche Gemeinheit ausdenken, um den Wohlstand der anderen zu ruinieren, meinen vor allem, und das Ganze nur, weil sie diesen Wohlstand nie haben werden, nie im Leben«, sagte er, während er ihr das Armband anlegte, »und sie werden ihn nie haben, weil sie ihn nicht verdienen, und weil sie zu viel Zeit damit verbracht haben, sich in absurde Theorien zu versteigen, anstatt die Worte Worte sein zu lassen und sich einem Projekt zu widmen, die Welt so zu nehmen, wie sie ist und immer sein wird, statt ständig darüber zu reden, wie sie sein könnte.«

Sie nickte ein paar Mal, dann wurde ihr klar, dass das überflüssig war: er war in Fahrt gekommen, und das Einzige, was sie jetzt tun konnte, war zuhören und abwarten, dass er zum Ende kam, wie die Talkmaster in den Shows, in denen er mindestens einmal in der Woche auftrat, um über alles Mögliche zu sprechen, vor allem aber über sich selbst, seine Eingebungen, seinen gesunden Menschenverstand, seinen Mut und seinen Erfolg, seinen außerordentlichen, unglaublichen Erfolg, über die Zeit, als er jung war und wie ein Wahnsinniger geschuftet hatte, über seinen unternehmerischen Wagemut, seine Liebe zur Erneuerung, die paar Meter Vorsprung, die er den anderen gegenüber immer hatte, seine Hingabe an seine Firma, an sein Land, seine Familie und die Werte; »Sie sind auf alles neidisch, sie hassen aus Prinzip, wenn sie dieses Schmuckstück sehen würden, würden sie es hassen; und natürlich hassen sie dich, weil du so schön bist, hermosa«, »Sicher«, sagte sie, »Schön, nicht wahr?«, fragte der Mann, und zeigte auf das Armband.

Sein Lächeln glänzte, und seine Wangenknochen spannten, ›Vorher sah er besser aus‹, dachte die Frau, ›vor dem Eingriff, warum hat er das nicht kapiert?, wieso kapiert er nicht, dass ihm die Zeit gut steht, dass er echter wirkt damit, dass die Zeichen der Siege und der schlaflosen Nächte ein Teil von ihm sind, warum sagen sie ihm nicht die Wahrheit, diese verdammten Arschkriecher, die ständig um ihn herum sind?‹

Sie dachte noch einmal daran, ihm zu sagen, dass sie ihn liebte, dass das zwar absurd war, aber dass sie nichts dagegen tun konnte, dass es einfach so war: er war fünfundsechzig und sie nicht einmal halb so alt wie er, er war nicht schön, sie schon, sehr sogar, und dennoch war sie gern mit ihm zusammen, wenn sie mehr als eine Stunde allein waren und er die Politik vergaß und lachte und sie zum Lachen brachte; wenn sie auf dem Sofa lagen und sich Witze erzählten oder lustige Geschichten über die amerikanischen Präsidenten oder über den italienischen Botschafter, über Tango-Stars und Finanzgenies; wenn er sich ans Klavier setzte und Verse von Gardel sang oder romantische Lieder von Domenico Modugno oder Claudio Villa, mit seinem spanischen Akzent und seinem breiten Lächeln, mit seiner ansteckenden Zufriedenheit, der Leichtigkeit, die er bei ihr hatte; wenn sie Tennis spielten und er schwitzte und ganz rot im Gesicht wurde und ihr sagte, dass sie eine Prinzessin sei, die schönste Europäerin, die je diesen kleinen abgelegenen Staat mit ihrer Gegenwart beehrt habe; wenn er vergaß, dass er El Presidente war, und Feinde hatte, die ihn hassten, Millionen von Feinden, und dass er das Land vor den Faulpelzen und den Pessimisten, den Skeptikern und den Chaoten retten musste; wenn er diese unsympathische Rolle ablegte, die selbst sie gegen ihren Willen manchmal unsympathisch fand, und sich nur ihr widmete, seiner Princesa, zu der er galant und witzig war, dann liebte sie ihn einfach.

»Weißt du, warum ich nicht aufgebe?«, sagte er. »Meinen Kindern zuliebe, ich ertrage den Gedanken nicht, dass sie in diesem hasserfüllten Klima aufwachsen, mit den Hassern an der Macht«; vor ein paar Jahren war sie schwanger geworden, von ihm, dem Präsidenten, und jetzt dachte sie daran, dass ihr Kind, wenn sie es nicht abgetrieben hätte, mittlerweile groß genug für den Kindergarten wäre, und sie wurde ein wenig traurig und dachte, dass sie besser nicht zu ihm gegangen wäre, damals, an jenem Tag, dass sie ein seltsames melancholisches Vorgefühl gehabt hatte, an dem Morgen, dass sie widerwillig gefrühstückt, ein Bachkonzert angehört und in einem Kunstband geblättert hatte, und dass weder die Musik noch die Bilder ihre Stimmung gehoben hatten; dann dachte sie, wenn sie nicht gleich abgetrieben hätte, ohne mit irgendjemandem darüber zu sprechen, heimlich, im Ausland, wie man das eben tat und wie es getan werden musste, wenn El Presidente irgendwie von der Sache erfahren hätte, dann wäre sie nie wieder in diesen Palacio eingeladen worden, auf dieses Sofa, ganz bestimmt nicht.

Dann dachte sie, dass das, was sie gerade gehört hatte, eine Lüge war, dieselbe Lüge, wie sie sich Drogenabhängige erzählen; »Wenn ich nur wollte, könnte ich aufhören«, und er übertrug das, verbrämte es mit der Liebe zu seinen Kindern: »Wenn sie nicht wären, würde ich sofort aufhören«; aber so war es nicht, es war gelogen: er hörte nicht auf, weil er nicht konnte, weil die Macht eine Droge war, weil der Kampf eine Droge war, und er bis über seine weißen Haare darin steckte, vollkommen darin aufging; er konnte nicht aufhören zu kämpfen, sonst hätte er das Gewicht seiner Jahre gespürt und das hätte ihn erdrückt.

Sie hatte viele solcher Männer kennengelernt, Linda, alles Abhängige dieser Droge, auch ihr Vater gehörte dazu; ihr Vater war ein unbedeutender Politiker gewesen, aber das war egal: auch er hatte dreißig Jahre lang gekämpft, zwischen Wahlen und Koalitionen, wichtigen Ämtern und Abstürzen in Ungnade, und er hatte es getan, weil er die anderen liebte, weil er es liebte, mit ihnen zusammen zu sein, die Anliegen aller anzuhören, sich zu bemühen, sie zufriedenzustellen, und ihr Vertrauen zu haben und ihre Zuneigung und ihre Gesellschaft und nie allein zu sein; er hatte es getan, um Geld zu verdienen, und auch um Privilegien zu haben und gefürchtet zu sein, aber das war nur ein Aspekt der Angelegenheit, und das wusste Linda, so wie sie wusste, dass nicht die Liga ausschlaggebend war, in der man kämpfte, sondern der Dämon, der einen in die Schlacht trieb: das physische Bedürfnis, sich wichtig zu fühlen, ein Teil der Welt, mit der Möglichkeit, Hebel zu betätigen, wenigstens einige der Ereignisse zu beeinflussen, und vor allem immer dazuzugehören und nie ausgeschlossen zu sein.

»Diese Leute haben keine Berufe«, sagte El Presidente, »Journalisten, Gewerkschafter, Leute, die dafür bezahlt werden, dass sie die vertreten, die tatsächlich arbeiten; Parasiten sind das, wie können die nur glauben, dass mir meine Arbeiter nicht am Herzen liegen? Oder den anderen Industriellen? Als ob er nicht von uns abhinge, von diesen Arbeitern und Arbeiterinnen, unser ganzer Wohlstand, wie könnten mir die Menschen, die mich lieben, nicht am Herzen liegen?«

›Es ist immer dasselbe‹, dachte Linda, ›in Rom und in Neapel genau wie hier.‹ Sie sah El Presidente an und dachte, dass überall auf der Welt das Adrenalin mehr bewirkte als jedes Stärkungsmittel, jeder ärztliche Ratschlag oder chirurgische Eingriff, dass ihn das so jung, lebendig und fröhlich machte, dann dachte sie, dass es schrecklich sein musste, von ihm gehasst zu werden, ihn zum Feind zu haben, in diesem Land; dass er bei ihr ein liebevoller und fast immer heiterer Mensch war, während er für seine Feinde ein Albtraum sein musste, der schlimmste Albtraum ihres Lebens.

Dann dachte sie, dass er nicht mehr aufhörte zu reden und dass das normalerweise bedeutete, dass die Dinge nicht gut liefen, gar nicht gut, und dass er das wusste, trotz des obligatorischen Optimismus seiner Mitarbeiter und ihrer Tendenz, alle Informationen zu filtern, damit die Wirklichkeit immer möglichst seinen Wünschen entsprach; in der Tat hatte sie ihn schon seit elf Tagen nicht mehr gesehen und hatte sich an jenem Morgen ziemlich gewundert, Linda, über den Anruf seines Sekretärs, der sie für die Mittagszeit in den Palacio bestellt hatte; gewundert, dass er Lust hatte, sie zu treffen, bei all dem, was im Land gerade passierte.

›Oder ist das etwa gerade der Grund?‹, hatte sie sich gleich gefragt, schonungslos, weil sie ja wusste: sie war eine erlaubte Zerstreuung, eine Stunde, die frei von Arbeit war, von den Spannungen, den Problemen; dort draußen gab es Tausende von wütenden Arbeitern, direkt vor dem Gebäude, mit giftigen Transparenten und erzürnten Sprechchören; da waren sie und schrien laut gegen die Policía und die Regierung an, und sie war in die Privaträume des Chefs dieser Regierung gebracht worden, mit einem dunklen Auto und zwei Leibwächtern, die sie schützten, mit höchster Diskretion und einer Champagnerflasche, die auf sie wartete; sie war dort hingebracht worden wie eine Therapie, eine königliche Ablenkung, ein lebendiges Beruhigungsmittel: sie war die begehrteste mujer des Landes, und je tiefer das Land im Chaos zu versinken drohte, desto nützlicher konnte sie dem Chef dabei sein, nicht daran zu denken, neue Kraft zu schöpfen und wieder ruhig, stark und sicher zu werden, und das wusste sie.

»Ich habe sie verhaften lassen, weil sie die Fabriken des Landes angehalten haben«, sagte er, »und das ist ganz eindeutig ein Attentat auf den Staat; das ist eine subversive Tat, wer auch immer sie begangen hat, ob das ein Abgeordneter war oder ein Gewerkschafter, mir blieb nichts anderes übrig, natürlich«, sagte er. Dann war er still, und prustete.

»Sie halten die Fabriken an, Himmel, das geht nicht, sie wollen die Wirtschaft zerstören, die Produktion, das Land in die Knie zwingen«, er schloss die Augen und rieb sie sich, wobei er den Kopf senkte, dann hob er ihn wieder und lächelte, »entschuldige«, sagte er, sie antwortete, dass er sich nicht entschuldigen brauchte, und das stimmte: er brauchte sich nicht zu entschuldigen.

Er brauchte überhaupt nicht nichts zu tun oder zu sagen. Um es genau zu sagen: er konnte tun und sagen, was er wollte, nicht nur bei ihr, auf dem Präsidentensofa des Palacio presidencial, sondern allen gegenüber, dem ganzen Land. Zumindest war es bis heute so gewesen, seit mindestens zehn Jahren. Nur: es schien, als würden sich die Dinge jetzt ändern, und zwar rasant: seit einer Woche schon streikten die Fabriken und die Erdölförderung ging nur zögernd vonstatten und am Vorabend hatte El Presidente zwei führende Gewerkschafter verhaften lassen, und die Opposition war sofort auf die Straße gegangen, so zahlreich wie noch nie, und es hieß, das hatte sogar sie gehört, dass auch bei der Armee Unmut herrschte, und dass es Stimmen aus der Regierung gab, die meinten, diesmal sei er zu weit gegangen.

Aber ihr war die Politik egal, sie war ihr immer egal gewesen und auch heute bedeutete sie ihr nichts: ihr Vater hatte ihr immer geraten, sich von ihr fernzuhalten, seit sie klein war, immer schon, und sie hatte miterlebt, wie sie sich auswirkte, die Politik, auf ihn, auf ihre Familie, und hatte diesen Rat immer befolgt.

Sie hatte viele Erfahrungen gemacht, in ihrem Leben, sie hatte einen Schönheitswettbewerb gewonnen, ein trauriges Gedicht geschrieben, das ihrem Professor sehr gut gefallen hatte, halbnackt für einen Kalender für Lastwagenfahrer posiert, Französisch gelernt, in ein paar erfolgreichen Fernsehserien mitgespielt, einen amerikanischen Regisseur für ein Sonntagsprogramm im Fernsehen interviewt, einen brasilianischen Fußballer geliebt, auf dem Fest eines Botschafters gesungen, in der Bordtoilette der Concorde mit einem Londoner Tänzer Sex gehabt; all das hatte sie getan, Linda, und noch viel mehr, aber für Politik hatte sie sich nie interessiert.

Sie sah ihn an: er war groß, schlank und hatte weißes Haar, zumindest damit hatte er sich abgefunden, er war fünfundsechzig und das sah man, aber sein Gesicht war ein Schlachtfeld, auf dem die besten Chirurgen der Welt im Namen der Jugendlichkeit gekämpft hatten; ›Diesen Krieg haben sie verloren‹, dachte die Frau, die Latein gelernt hatte und viele Sprichwörter kannte, die sie ihrem Geliebten oft und gern aufsagte, der dann begeistert und belustigt applaudierte; ebenso oft behielt sie sie jedoch für sich, Linda la hermosísima, die Sprichwörter, die ihr einfielen, und so war es auch jetzt, während er eine Flasche Champagner aufmachte und ihr sagte, dass sie Urlaub machen sollten, sie beide, er und sie, sobald wie möglich, gleich, sobald er die Sache mit den verhafteten Gewerkschaftern hinter sich gebracht hatte.

›Mors et fugacem persequitur virum‹, kam es ihr in den Sinn, ›Der Tod holt auch den Fliehenden ein‹, und auch die Symptome des Todes, die Zeichen unseres Körpers, die Schwäche unserer Glieder, auch all das holt uns ein, so schnell wir auch fliehen mögen; ihr fiel ein, dass auch El Presidente nicht schneller laufen konnte als der Tod, ›Claro che no‹, fiel ihr ein und auch ›Omnia mutantur‹, was bedeutete, dass sich alles veränderte, auch unsere Gesichter, und wieder dachte sie, wie bedauerlich es war, dass er diese offensichtliche Wahrheit nicht akzeptiert hatte und stattdessen den Verlockungen der Schönheitschirurgie erlegen war; und sie erinnerte sich an ihren Vater, an sein Gesicht, das das eines neapolitanischen Lokalpolitikers war, an dem Tag, als die Polizei ihn in seiner römischen Villa festnahm, sein kaputtes, müdes Gesicht, ›Vanitas vanitatum, et omnia vanitas‹, dachte sie, und dann hörte sie auf zu denken und küsste ihren Geliebten auf den Mund, wie er sie gebeten hatte, »Bésame, chica«, und umarmte ihn fest und biss ihn ins Ohr, ganz sachte, und fuhr ihm mit ihren kleinen Fingernägeln über den Rücken, unter dem Hemd, dann zog sie es ihm aus, das Hemd, und legte eine Hand darunter, auf die Leinenhose, dann ging die Tür mit einem lauten Geräusch auf, und die beiden drehten sich um, und der Sekretär des Präsidenten sagte »Entschuldigung«, und seine Augen waren weit aufgerissen vor Schreck oder Verwunderung, und er sagte noch einmal »Entschuldigen Sie«, dann räusperte er sich und sagte »Herr Präsident«, und Álvaro Fernández Rojas, der Mann der tausend Kämpfe, der große, mächtige Staatsmann und Industriekapitän sagte, sagte »Du elender Sohn einer verdammten Hure«, sagte »Was zum Teufel fällt dir ein?«, sagte er, stand auf mit einer sichtbaren Erektion und nacktem Torso, dem mageren, eingefallenen Brustkorb eines Sechzigjährigen, eine stolze Erektion zur Schau stellend.

»Was zum Teufel ist hier los?«, sagte er, und sein Sekretär, ein junger Mann, der die besten Privatschulen des Landes besucht und sein Studium mit Auszeichnung abgeschlossen hatte, ein Junge, der viele Städte besucht und viele bedeutende Menschen kennengelernt hatte, was er nicht zuletzt diesem Mann verdankte, vor allem diesem Mann, und der den Alten gern hatte, wie man einen alten, cholerischen, perfiden und großzügigen Vater gern hat, der junge Mann sagte »Sie haben den Regierungspalast umzingelt, Herr Präsident, und sie schießen«, und kaum hatte er das gesagt, da flog schon eine Kugel durch die Fensterscheibe neben dem Sofa, auf dem Linda und Fernández Rojas saßen, und es gab einen unglaublichen Lärm, der Schuss und das zersplitternde Fenster und Lindas Schrei, ein langer, schrecklicher Frauenschrei, und als sie dann fertig war, herrschte Stille, eine Sekunde lang, eine einzige außerordentliche Sekunde lang war es ganz still; oder vielleicht waren es auch nur ihre Ohren, die sich von dem Schock erholten, dann gab es sofort neuen Lärm aus Schüssen, Maschinengewehrsalven, schreiender Menschenmenge, und der Chef der Leibwächter trat ins Zimmer, der frühere Marineoffizier Robert Lee aus Dallas, Texas, er grüßte militärisch und sagte dem Präsidenten, dass er und die Dame ihm jetzt lieber in die

Mansarde folgen sollten, in der er wohnte, denn dort wären sie sicherer, und Álvaro Fernández Rojas nickte, und ging Hand in Hand mit seiner Geliebten los und klaubte im Vorbeigehen noch sein Jackett und seine Krawatte auf.

Er trat in die Eingangshalle, El Presidente, und sah seine Leibwächter, etwa zwanzig Männer, die er alle persönlich kannte, mit Vor- und Nachnamen: er wusste, wer von ihnen verheiratet war und wer nicht, wer den Urlaub lieber am Meer und wer in den Bergen verbrachte, wem er besser eine Uhr schenkte und wem ein neues Handy, wer treu war und wer ein Schwerenöter, wer ihn wirklich liebte und wer nur bei ihm blieb, weil er ein guter Arbeitgeber war, wer für ihn sein Leben riskieren würde und wer eher nicht. Er begrüßte sie mit einem Nicken, sie salutierten, er sah, dass sie konzentriert und ruhig waren, und er fühlte sich besser.

»Herr Präsident«, sagte der Marineoffizier, ganz leise, das Gesicht dicht an dem des Chefs, »ich glaube, dass Ihr Leben ernsthaft in Gefahr ist«, sagte er, groß, kräftig, ernst und mit einer großen Pistole in der Hand, »Das habe ich gemerkt, lieber Himmel, man könnte sagen, dass gerade ein Fenster in meinem Gesicht explodiert ist«, sagte Fernández Rojas mit einem halben Lächeln, »was ist los?«, fragte er, und skandierte dabei sorgfältig die Wörter, wie um zu betonen, dass er auf diese Frage eine präzise Antwort erwartete.

Er hatte sich jetzt wieder angezogen und die Krawatte straff gebunden, und dann Lindas Hand nicht mehr losgelassen, und er hielt sie immer noch fest, während sie die innere Treppe des Palacios hinaufstiegen, hinauf zur Mansarde des Chefs seiner Leibwache, und er hörte aufmerksam und schweigend die Erklärungen an, und die Frau dachte, dass er keine Angst zu haben schien, oder aber sehr gut vorspielte, als sei es so, aber das Wahrscheinlichste war, dass er wirklich keine hatte, er konnte sich einfach noch nicht vorstellen zu sterben; in keinem Fall konnte El Presidente sich vorstellen, dass heute jemand wagen würde, ihn zu töten, und dass vielleicht genau das der Grund war, weshalb immer diejenigen Mächtigen sterben, die zu weit gehen, das dachte die Frau: sie fangen an zu glauben, dass sie gar nicht untergehen können, dass sie den Bogen noch so überspannen können und er nie bricht, dass es in ihrer Position unmöglich ist, sich wehzutun.

Dasselbe hatte ihr Vater geglaubt, der doch nur ein unbedeutender Politiker gewesen war, dasselbe bis zum Schluss, als sie ihm Handschellen anlegten, und offensichtlich glaubte vor allem er das, El Presidente: dass die Menschen, die ihn liebten, ihn auf jeden Fall verteidigen würden, dass das Volk, das seit zehn Jahren, und mit Begeisterung, sein Partido Socialista Popular, seine Partei wählte, dass diese Menschen es nicht zulassen würden, dass irgendwelche verdammten Eiferer sein Leben in Gefahr brächten.

»Meine Frau?«, sagte El Presidente, »und meine Kinder?«, der Sekretär sagte, dass es ihnen gut gehe, dass sie auf seinen Landsitz gebracht worden seien, nahe an der Grenze, und dass sie innerhalb von zwei Stunden in Sicherheit wären, wenn Gott wolle, im Ausland; »Und das Fernsehen, la televisión?«, fragte der Mann, und Linda dachte, dass das seine Prioritäten waren, immer gewesen waren, in seinem Leben: die Familie, auch wenn er sich jetzt in einer Mansarde versteckte, eine Schauspielerin an der Hand, mit der er von Zeit zu Zeit ins Bett ging; und die Fernsehsender, von denen aus er mit seinem Volk sprach, über Sozialismus und Gerechtigkeit, Erfolg und Unternehmertum, Aufstieg und Wohlstand; »Sie sind abgeschaltet, Herr Präsident«, erklärte der Sekretär, nannte einen Nachnamen, ohne etwas hinzufügen zu können: »Maldonado«, sagte er, und der Präsident blieb stehen, keuchend und immer noch Lindas Hand haltend, »Felipe«, sagte er, »wo ist Felipe?«, und der Sekretär senkte die Stimme und den Blick, »Er hat versucht, das Land zu verlassen, mit dem Hubschrauber«, sagte er und hustete, »aber er ist abgeschossen worden«, sagte er, Álvaro Fernández Rojas wurde blass, öffnete den Mund, um etwas zu sagen, »Er ist tot, Felipe ist tot«, sagte er, der Sekretär nickte, »Felipe«, sagte er noch einmal.

Felipe Maldonado war sein Anwalt bei einem knappen Dutzend Prozesse gewesen, der Chef einer Gruppe von Anwälten, die ihn verteidigten, wegen Korruption von Richtern und Behinderung der Justiz und Verleumdung und Machtmissbrauch und Versuch der Bestechung von staatlichen Funktionären, es gab eine lange Reihe solcher Anklagen, und fast immer war es Felipe gelungen, El Presidente aus der Bredouille zu helfen, und dafür war er belohnt worden, der Fürst der Gerichte, mit einem Abgeordnetensitz, und jetzt war er tot, und amen.

»Die Situation ist sehr kritisch«, sagte der Sekretär, und erklärte, dass der Stabschef seinen Einheiten nicht gestattet hatte, Richtung Regierungspalast vorzurücken, und dass die Polizei allein das Gebäude verteidigen musste und es nicht geschafft hatte, die Massen in Schach zu halten, »Es sind Kalaschnikows aufgetaucht«, sagte er, und berichtete, dass sie von Leuten gehandhabt wurden, die sich gut auszukennen schienen, mit vermummten Gesichtern und Walkie-Talkies, Männer, die offensichtlich zu einem kriegsähnlichen Angriff in der Lage waren, und dass es sich dabei wohl kaum um Gewerkschaftsführer oder Oppositionspolitiker handelte.

»Los yankees«, sagte der Sekretär, »es sieht so aus, als habe Washington beschlossen, den Putsch nicht zu verhindern«, so sagte er, und der Präsident kommentierte das nicht, er blieb stumm: den Kopf immer mehr gesenkt, gebeugt über den unendlich vielen Treppenstufen, und Linda dachte, dass dieser Tod ihn sehr getroffen hatte, dass er jetzt seinen Körper tatsächlich in Gefahr sah, jetzt, wo er wusste, dass Felipe, seine treuester amigo, irgendwo leblos auf dem Boden lag.

»Das ist das Communiqué des Weißen Hauses«, sagte der Sekretär, und reichte ihm ein Fax; Fernández Rojas las es, indem er das Blatt dicht vor seine Augen hielt, denn er hatte die Brille im Salon vergessen, und kopfschüttelnd, als wolle er sagen, ja, genau das hatte er erwartet, faltete er das Blatt dann zweimal zusammen und steckte es in seine Hosentasche. »Was können wir tun?«, fragte er, und das traf den Sekretär, den Ex-Marine-Offizier und die Schauspielerin, denn selten hatte der Chef eine Frage mit so tonloser Stimme und solch offensichtlicher Ratlosigkeit ausgesprochen, »Wir versuchen, herauszufinden, wer der Anführer der Revolte ist«, sagte der Sekretär, »wir glauben«, sagte er, und sah den Kommandeur der Wache an, als suche er dessen Komplizenschaft, um klarzustellen, dass das nicht nur seine eigene Idee war, »dass Sie den Hubschrauber besteigen sollten, der kommt, um Sie abzuholen, und dann auf dem britischen Flugzeugträger, der vor dem Hafen liegt, eine vorteilhafte Kapitulation aushandeln sollten.«

Sie waren im Apartment des Ex-Offiziers angekommen, und setzten sich auf ein Sofa, er und die Frau, und der Präsident sah ihr in die Augen und sagte: »Linda, meine Prinzessin, meine Freundin, willst du nach Hause gehen?«, und sie sagte sofort: »Nein«, laut, wie ein Schrei, »ich will bei dir bleiben«, sagte sie, ›Fiat voluntas Dei‹, dachte sie; El Presidente legte die Arme um ihren Leib, ließ sich in eine müde, erschöpfte Umarmung gleiten, und schien kurz davor, zu weinen, aber er weinte nicht.

Er richtete sich auf, sah den Sekretär und den Marine-Offizier an, und sagte, einverstanden, er würde den Anführer des Aufstands treffen und eine würdige Kapitulation aushandeln, in der Zwischenzeit solle er, der Sekretär, die CNN anrufen und ankündigen, dass Präsident Álvaro Fernández Rojas, der Sekretär des Partído Socialista Popular und Regierungschef, alle seine Ämter niederlegte und die Gewalt dem Parlamentsvorsitzenden übergab, bis zu den Neuwahlen. Dann sagte er, dass er nicht auf den Besitz seiner Fernsehsender verzichten werde, und dass man ihm garantieren müsse, dass ihm kein Prozess drohte. »Glaubst du, dass sie darauf eingehen werden?«, fragte er den Sekretär, der nickte, aber nichts sagte.

Sie hörten, wie der Hubschrauber auf dem Dach landete, ganz nah bei ihnen, und von unten, aus den niedrigeren Stockwerken des Regierungsgebäudes, Maschinengewehrgarben und eine Explosion; »Wir müssen jetzt los«, sagte der Sekretär, »kommen Sie mit uns?«, fragte El Presidente den Ex-Offizier, der sagte, er werde zwar dafür bezahlt, ihn zu beschützen, aber im Hubschrauber könne er ihm nicht nützlich sein, und die Engländer seien ihm nicht besonders sympathisch, und das sagte er sogar lächelnd; »Ich bleibe bei meinen Leuten«, sagte er, und reichte Fernández Rojas die Hand, der sie schüttelte, und dann grüßte dieser militärisch, die Hand an der Stirn, und der Amerikaner erwiderte den Gruß; sie verabschiedeten sich, dann ging El Presidente zur Terrasse, wo zwei Polizisten ihn in Habtachtstellung erwarteten, »Wenn wir hier heil rauskommen«, sagte El Presidente zu seiner Geliebten, einen Augenblick, bevor sie in den Hubschrauber stiegen, wieder ihre Hand haltend, »und wenn ich dann wieder Präsident dieses Land sein sollte, dann schwöre ich dir, dass du Abgeordnete wirst«, das sagte er, und sie lächelte, »Wie Felipe«, dachte sie, dann dachte sie, dass er nicht begriff, dass er dazu einfach nicht fähig war, und dass sie ihm nur folgen konnte, und Geduld haben, und sie stieg in den Hubschrauber, und sie flogen los.

Kerzen

Da war diese Katze, die ihn immer besuchen kam, miaute und miaute und an der Tür zum Garten kratzte, und wenn der junge Mann ihr aufmachte, dann rieb sie sich an seinen Beinen und miaute leiser und schnurrte, und fraß ein paar Speisereste und kauerte sich unter den Tisch: still, glücklich und dankbar.

Es war Mitte August und der junge Mann war allein in der Wohnung, die Stadt füllte sich mit Touristen und an den Stränden konnte man sicherlich eine Menge Spaß haben, das gute Wetter hielt an und das blaue transparente Meer war schöner denn je; der junge Mann war allein und wachte früh auf, denn er musste hart arbeiten, und die Katze war seine Freundin und Gefährtin geworden, ihr Schnurren wie die Zärtlichkeiten einer scheuen Geliebten.

»Katze«, sagte der junge Mann eines Morgens, »heute ist mein Geburtstag«, aber das Tier stürzte sich auf das Trockenfutter und antwortete ihm nicht, vielleicht dachte es modern und gab nichts auf Jahrestage. »Katze«, sagte der junge Mann, und streichelte ihren Kopf, »heute ist mein Geburtstag und ich bin allein; ich will eine Torte kaufen, die essen wir dann zusammen, und vielleicht, wenn ich den

Mut dazu habe, lade ich noch Mila zum Abendessen ein; womöglich finde ich frischen Fisch, den ich kochen kann, und womöglich betrinken wir uns alle und rauchen etwas und hören Paolo Conte und beten, dass dieser Sommer nie aufhören möge, aber diese Einsamkeit schon, und zwar sobald wie möglich.«

Das sagte der junge Mann, und die Katze hörte ihm mit gespitzten Ohren zu und war einverstanden, sie fraß schnell zu Ende, um seine Beine mit ihrem pelzigen Rücken streicheln zu können, und als der Computer wieder eingeschaltet war, dachte die Mieze, dass es schön wäre, ein Geschenk für diesen zwanzigjährigen Mann zu finden, ›Eine kleine Aufmerksamkeit‹, sagte sich die Katze, die manchmal Ausdrücke aus Fernsehserien verwendete.

Sie versuchte, sich auf das bestmögliche Geschenk zu konzentrieren, sie dachte angestrengt nach, fünf Minuten lang, dann schlief sie ein, wie es ihr oft passierte, und sie fing an zu träumen, und sie träumte von einem Strand aus feinem Sand, mit brennenden Fackeln ganz nah am Wasser und einer wunderschönen Mulattin, die ihren Gastgeber umarmte und ihn Liebling nannte, und Schwärmen von Fischen, die vom Wasser hoch zu den Felsen sprangen und die sie, die erbarmungslose und geschickte Katze, aus der Luft schnappte und einen nach dem anderen dort verschlang, zwischen den spitzen Felsen und der Gischt, und Bob Marley sang von dem Mut, mit Nichts zufrieden zu sein.

Und sie träumte von einem Wald aus Tannen und Eichen, die so hoch und massig waren, dass sie unendlich wirkten, und von seltsamen Wesen, die im Wald herumsprangen und in hohlen Baumstämmen wohnten und Lieder über Zauberer und Riesen sangen, seltsame Wesen mit Augen wie Eidechsen und kleinen Händen mit langen, dünnen Fingern; im Traum wiegten sie die Zauberwesen mit unbekannten Worten und Tänzen, sie spielten Ziehharmonika dicht neben ihrem Ohr und der Traum war süß und die Musik war süß, und die Katze wollte gar nicht mehr aufwachen, nie wieder, sondern dort, unter den riesigen Bäumen des Waldes leben und die Blättersuppe der Ungeheuer mit den aufgerissenen Augen essen und ganz leicht von einem Zweig zum anderen hüpfen, und den einsamen jungen Mann aus der Wohnung einladen mitzukommen: sicherlich würde es einen hohlen Baumstamm in seiner Größe geben, und sie könnten alle Freunde werden und sich abends am Feuer Geschichten erzählen, der Harfe eines Trolls lauschen und vom Mut, mit Nichts zufrieden zu sein, singen.

Die Katze schlief und träumte und der junge Mann ging aus dem Haus und ließ die Tür zum Garten offen, damit seine Freundin in den Garten gehen und Pipi machen könnte, wenn ihr danach war; der junge Mann ging durch die Stadt auf der Suche nach einem Kerzenladen, er lief durch viele Straßen, vom oberen Stadtteil bis zum Hafen unten, er ging durch schmale Gassen und Alleen, wanderte fast eine Stunde lang durch die Spätnachmittagshitze, bis er schließlich zu einem Laden kam, den er noch nie bemerkt hatte, und der genau das verkaufte, was er suchte, und zwar nur das: Geburtstagskerzen in allen nur erdenklichen Formen.

Der Ladenbesitzer war ein alter Mann mit Augen, die so weiß waren wie seine Haare und sein Bart, er begrüßte den jungen Mann und fragte ihn, für wen die Kerzen bestimmt seien, und als er erfuhr, dass es sein Geburtstag war, sagte er »Gut!«, mit der heiseren Stimme eines alten Mannes, der alles gesehen hat, aber immer noch nicht genug, und fragte »Und mit wem verbringst du diesen besonderen Tag?«, und beinahe wäre der junge Mann beleidigt gewesen, ›Was will dieser Typ, den ich noch nie gesehen habe, dass er mir so eine Frage stellt?‹, dachte er, »Ich will nur eine Kerze kaufen«, sagte er zu ihm, aber der Alte tat so, als hätte er nichts gehört, strich sich den Bart und sagte: »Jetzt erkläre ich dir etwas, mein Junge, hör gut zu, hier drin gibt es Kerzen aller Arten, Formen und Farben, Kerzen für Menschen, die allein feiern und für solche, die mit ihrer schönen Ehefrau feiern; für diejenigen, die mehr als zwei Kinder haben und denen sie zu viele sind, und für diejenigen, die fünf haben wollten und gar keine haben; es gibt gekrümmte Kerzen für Meckerer und aalglatte für die, denen alles egal ist; himmelblaue Kerzen für Matrosen und feuerrote für untreue Geliebte, und weiße für alternde Priester und rosafarbene für hübsche kleine Mädchen, und doppelte für die, die erst lieben und dann hassen, und dreifache für die, die zwei Frauen zugleich lieben, und ganz lange für alle, die seit eh und je träumen und winzig kleine für diejenigen, die mit

Nichts zufrieden sind, und dann gibt es noch die Gerüche, gute und schlechte, mein Junge, und ich weiß nicht, ob du genug Zeit hast, sie alle zu riechen.«

»Darf ich mich setzen?«, fragte der junge Mann, ließ seinen Körper zu Boden sinken, mit dem Rücken an der Wand, und der Alte ging um den Tresen herum und setzte sich neben ihn, »Was ist denn los, mein Junge?«, fragte er ihn, und zog eine Pfeife aus einer Tasche und stopfte sie, es roch nach Tabak und Kaffee; »Willst du rauchen?«, fragte er den Jungen, der antwortete mit Nein.

»Ich schreibe Geschichten, aber sie sind alle traurig«, sagte er, und sah dem Mann in die tiefen Augen, »ich lebe von Geschichten, die ich nicht erlebt habe, und spreche mit streunenden Katzen.« »Und dein Vater, und deine Mutter?«, fragte der Mann, »und deine Freundin?«, aber darüber wollte der junge Mann nicht sprechen, das merkte der alte Mann, der ihm den Arm um die Schulter legte und fest drückte, »Komm«, sagte er, »ich weiß jetzt, welche Kerzen du brauchst.«

Er schnürte ein Päckchen, überreichte es ihm mit einem breiten Lächeln, verabschiedete sich mit einer Verbeugung und einer Art Glückwunsch in einer Sprache, die der junge Mann nicht erkannte; er machte sich auf den Rückweg und dachte an Mila und ihre schwarzen Augen, als er nach Hause kam, war die Katze schon da und rieb die Pfoten an der Wand, ihre Tatzen waren mit roter Farbe bestrichen und sie hatte eine Art Zeichnung gemacht: man erkannte einen Strand, Palmen, einen Holztisch; die Katze ging ihrem neuen Herrn schnurrend entgegen.

Dann wurde es im Garten schlagartig dunkel und die Türglocke klingelte, und Mila erschien in Strandkleidung, mit einem himmelblauen Pareo und einem schokoladenfarbenen T-Shirt, »Alles Gute zum Geburtstag«, sagte sie zu dem jungen Mann, »ich habe die Kerzen gerochen und bin ihnen mit halb geschlossenen Augen gefolgt«, »Aber ich muss sie doch erst noch anzünden«, sagte er und fand den Mut, sie auf eine Wange zu küssen, und auch sie küsste ihn, dann drehten sie sich gleichzeitig um und sahen, dass auf dem Tisch sieben bunte Kerzen loderten: die weiße, die schönste von allen, roch nach altem, von Gnomen bewohntem Holz; eine grüne, lange und dünne, roch nach Liebe an Sonnentagen; die schwarze mit dem silbernen Widerschein roch nach Blumen auf einer Aprilwiese; eine ganz einfache mit einer unmöglichen Form roch nach Zimt und grünem Tee; die smaragdgrüne mit den jadefarbenen Streifen hatte den Duft geküsster Haare; eine breite aus Wespenwachs roch nach Pfeffer und nassen Feldern; die letzte in der Reihe, eine kleine, dunkle, war ein Geschenk des bärtigen Alten: sie roch nach zugelaufener Katze, nach untreuer Geliebter mit Katzenaugen, nach mit Geschichtenschreiben verbrachten Sommertagen, nach Häusern, die still zuhören, nach Leben, das verrinnt und dich traurig verzaubert, nach Geburtstag im August und vergehenden Nachmittagen, nach unverhofft ausbrechender Fröhlichkeit, nach einem wunderschönen Fest mit einer Torte und einer Frau, nach sieben Kerzen, die für alles ausreichen; nach dem Mut, den es braucht, um mit Nichts zufrieden zu sein.